KB039443

반인간선언

반인간선언

증오하는 인간

주원규 장편소설

자음과모음

차례

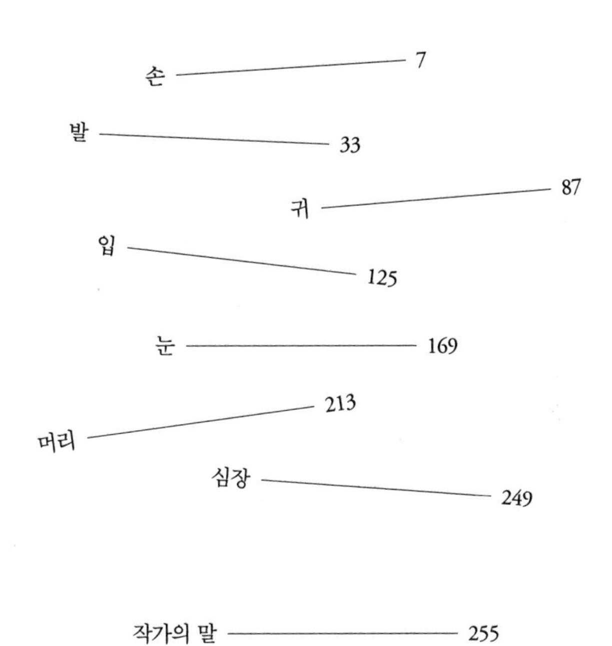

손

1

홍남호 의원이 자리에서 일어나 악수를 권했다. 김서희는 아직은 이르다고 생각했다. 그렇지만 그가 청한 손을 받지 않을 수 없었다. 모인 사람들의 박수 소리가 이어졌다. 열성 지지자 한 명이 그 자리에 주저앉아 울기 시작했다. 다른 이들도 눈시울을 붉히기는 마찬가지였다.

힘든 선거였다. 서희는 정치 경험이 전무했다. 대학에서 미술사학을 가르치는 그녀에게 한 달 가까이 멍에처럼 따라붙은 기호 2번이란 숫자는 너무도 낯설었다. 낯설음의 모든 원인을 비단 보궐선거에 급작스럽게 출마한 경험 미숙으로만 돌릴 수 없었다.

서희의 아버지 김승철 의원이 별세한 지 채 두 달도 되지 않았다. 평소 고인의 뜻대로 유골을 납골당에 안치하고 난 후, 텅 빈 집에 혼자 남은 서희는 아무것도 할 수 없었다. 김 의원은 고령이긴 해도 평소 감기 한 번 앓지 않던 강골이었다. 정치인, 민주화 투사로서 통상적으로 겪음직한 단식투쟁과 가택 연금 등의 고초 속에서도 체력만큼은 또래 누구에게도 뒤지지 않는다고 자부하던 김 의원이었다. 그런 그가 국회의원 임기를 2년 남겨둔 채 돌연 세상을 떠나고 말았다. 무남독녀, 게다가 3년 전 숙환을 앓던 어머니의 죽음으로 서희의 곁에 남은 혈육은 아버지 김 의원밖에 없었다. 그러나 김 의원마저 자신만을 남겨두고 떠난 이후 서희가 아무것도 할 수 없었던 건 단지 슬픔의 문제만이 아니었다.

그로부터 한 달 후 서희는 보궐선거 출마를 준비했다. 국회에 천연기념물처럼 남아 있는 5선 의원이며 김승철 의원과 역경을 함께한 정치 동지 홍남호 의원이 서희에게 작고한 아버지를 대신해 보궐선거에 출마할 것을 권고했다. 그의 권고는 명령의 성격을 닮아 있었다. 대내외적 상황 역시 서희의 출마를 기정사실화하는 분위기였다.

김 의원의 지역구였던 해능시는 강원 영동에 위치한, 전통적으로 여당의 입김이 강한 곳이었다. 무엇보다 같은 지역구에서만 연이어 3선을 한 김 의원의 후광에 맞설 상대가 존재하지 않았다. 그런 상황에서 여당은 김 의원을 대신할 만한 인물을 물색하는 게 요원했고, 그러다 보니 홀로 남은 김 의원의 피붙이 서희에게 아버지를 대신해 백의종군할 것을 요구하는 일이 정치적으로도 무리수가 없는 일이라 판단했을 것이다.

하지만 그 이후 감당해야 할 짐은 오직 서희의 몫이 되었다. 유세 연설을 준비하거나 정당 강령과 정책 모음집 등을 살펴보거나 각종 전략을 분석하는 일이 힘든 건 아니었다. 그런 문제는 여당에서 파견한 '정치 전략 연구소' 직원들, 홍 의원, 오랜 시간 아버지 김 의원을 보좌하던 양윤수 보좌관의 일사불란한 움직임에 의해 빈틈없이 진행되었기 때문이다. 심하다 싶을 정도로 철저하게. 정작 서희를 힘들게 만든 문제는 당선이 거의 확실시된 개표일 저녁까지 지속되었다. 자신이 과연 정치인이 될 수 있을지에 대한 의문, 아버지의 뜻을 제대로 이어나갈 수 있을지에 대한 회의감이 그녀를 여전히 힘들게 했다.

득표율 73.4퍼센트, 야당 상대 후보와 무소속 군소 후보들의 득표율을 다 합쳐도 20퍼센트가 되지 않았다. 압도적인 승리였다. 여당은 김 의원의 민주화 정신이 살아 돌아온 쾌거라는 말로써 서희의 당선을 축하했다. 저녁 11시가 되어 개표율 95퍼센트를 넘기자 서희는 당선 관련 인터뷰를 한 뒤, 자리를 벗어났다. 사무소에 모인 수많은 지지자들은 서희와 함께 밤을 새워 승리의 기쁨을 나누기 원했지만 홍 의원이 그녀를 그대로 쉬게 했다. 승리의 기쁨을 나누기엔 아버지 김 의원의 그늘이 워낙 깊고 큰 탓이다.

2

"김서희 교수님입니까?"

"누구시죠?"

"우선 당선을 축하드립니다."

"기자신가요? 기자회견이라면 내일 선거사무소에서 할 예정입니다만."

"기자는 아닙니다만 교수님, 아니 의원님을 꼭 만나 뵙고 싶은 사람입니다."

"아버지와 관계된 일인가요?"

"아닙니다."

"그럼 뭐죠?"

"아, 제 소개를 먼저 하죠. 전 서울시 광역수사대 강력계 반장 주민서라고 합니다."

강력계 반장. 휴대전화를 쥔 서희의 손이 아주 잠깐 흔들렸다. 경찰 혹은 검찰이라면 익숙하진 않지만 한두 번 접한 적이 있다. 아버지를 둘러싼 정치 루머에 대한 조사와 철마다 반복되는 선거 자금 의혹에 대한 문제로 검찰이나 경찰이 집이나 사무실을 찾은 적은 간혹 있었다. 그렇지만 강력계는 처음이다. 더구나 전화를 받는 지금 시간은 새벽 2시다. 서희는 대응을 망설였다. 그러자 자신을 강력계 반장으로 소개한 민서가 서둘러 분위기를 부드럽게 하기 위한 말을 던졌다.

"너무 늦은 밤에 전화드려 죄송합니다. 선거운동 하시느라

고생하셨을 텐데요."

"결례를 무릅쓰고 새벽에 전화하실 정도면 다급한 일이라고 생각하는데……. 무슨 일이죠?"

"정상훈 씨…… 알고 계시죠?"

정상훈. 그 이름 석 자를 듣는 순간 서희의 입에서 옅은 한숨이 새어 나왔다. 제법 오랜 시간 잊고 있던 남편의 이름이었기 때문이다. 이젠 더 이상 남편이라 부를 수 없는, 남남도 부부도 아닌 이혼 서류에 등재된 과거의 남편. 서희는 자연스럽게 미간을 찡그리며 민서의 질문에 답했다.

"알고 있어요. 그분에게 무슨 일이라도 생겼나요?"

그분이라는 극존칭이 도리어 자연스러워졌다. 그 순간 수많은 생각이 교차되었다. 강력계 형사가 자신의 전남편을 찾는 이유에 대한 생각이었다. 하지만 민서는 그 이유를 명확하게 밝히지 않았다.

"최근 정상훈 씨를 뵌 적이 있습니까?"

"저와 그분의 관계를 사전에 알고 물으시는 건가요?"

"죄송합니다만 그렇습니다."

"저희가 이혼한 사실도요?"

"예."

"그렇군요."

"죄송합니다."

"그분과 1년 동안 연락하지 않았어요."

1년. 그 말을 한 후 서희는 벌써 1년 가까운 시간이 지났는지, 좀처럼 시간의 공백이 실감되지 않았다. 상훈과 함께 지냈던 시간들만이 그녀의 머릿속을 항상 채우고 있었다. 그렇지만 이혼 후 둘은 제대로 된 연락을 주고받지 못했다. 근 1년간은 서로의 동향조차 알지 못할 정도였다. 낯선 거리감은 어느새 불안의 감각으로 대치되었다. 서희는 불안을 잊기 위해 서둘러 사실을 알고 싶었다. 강력계 형사인 민서가 자신에게 전화한 용건 말이다.

"그분에게 무슨 일이 생긴 거죠?"

"정확하진 않습니다. 하지만."

"하지만?"

"정확하지 않다고 사실이 아닌 건 아니라서 말입니다."

"무슨 뜻인가요?"

"어디까지나 추정이지만 정상훈 씨가 살해된 것 같습니다."

"살해?"

"확인해야 할 것이 있습니다. 가능하면 내일 뵐 수 있을까요? 전 언제라도 좋습니다만."

"어디서요?"

"국립과학수사연구원. 지금 이곳에 있습니다."

"제가 그쪽으로 가겠어요."

"기다리고 있겠습니다."

서희의 즉각적인 반응을 예상하기라도 한 듯 민서는 국과수의 위치까지 덧붙여 알려주었다. 통화를 끝낸 후에야 침대 위에 누워 있던 서희가 상체를 일으켰다. 눈가리개를 벗고 나이트 테이블 조명에 불을 켠 후에도 한동안 그 자세 그대로였다. 생각을 정리하고자 했지만 좀처럼 정리되지 않는 성질의 당혹함이 서희의 머릿속을 온통 어지럽게 만들었다. 살해라니, 그이가? 도대체 무슨 일로?

3

대담한 걸까, 아님 상황의 복잡성과 느닷없음의 생소함이 서희를 대담한 척하도록 변화시킨 걸까? 국립과학수사연구원 앞에서 서희를 기다린 민서는 그녀에게 전남편의 살해 소식을 언급한 부분에 대한 양해부터 먼저 구했다. 그 느닷없음에 대해 말이다. 하지만 돌아온 반응은 남편의 사체를 확인해보고 싶다는 것이었다.

서희는 민서와 자신이 만난 장소의 특수성을 간과하지 않았다. 국립과학수사연구원이 의미하는 것은 결정적으로 상훈의 사체가 보관되었을 거란 점이었다. 민서는 망설일 줄 알았던 서희의 대담한 태도에 오히려 난처한 반응을 보였으나 이내 그녀를 이끌어 부검실로 인도했다. 새벽 5시, 때맞춰 아침 뉴스가 시작되는 시간이었다. 연구원 로비에 설치된 TV에서도 국회의원 보궐선거 결과가 아침 뉴스에서 발표되고 있었다.

서희를 기다리고 있는 건 온전히 보존된 한 구의 사체가 아니었다. 잘린 손, 그 하나였다. 손은 사람의 것으로 보이지 않을 정도로 매끄러웠다. 흡사 밀랍으로 빚어진 느낌이었다. 부검대 위에 놓인 잘린 손을 보며 서희의 머릿속은 아득해졌다. 이 상황을 어떻게 받아들여야 할지 제대로 실감되지 않았다. 잘려 나간 사체의 일부가 주는 충격과 함께여서 혼란은 더욱 가중되었다. 민서가 서희의 흔들리는 눈빛을 불안하게 살피며 말문을 열었다.

"화학약품을 이용해 손을 세척했습니다. 때문에 정확한 사망 추정 시간을 가늠하기가 어렵네요."

"왜 그런 거죠?"

"지문이 남아 있지 않도록 하기 위한 것으로 보입니다."

"이 손에선 지문이 감식되지 않나요?"

"그렇습니다."

"그런데 어떻게?"

민서는 서희의 질문에서 생략된 부분을 어렵지 않게 추측했다. 어떻게 이 잘린 손이 남편의 것일 수 있느냐는 질문일 것이다. 하지만 질문을 던진 서희의 얼굴이 차츰 믿을 수 없는 참혹함에 포박되었다. 피부의 한 층이 살라미처럼 벗겨진 것 같은 형체였지만 벌어진 손가락들의 윤곽에서 상훈의 흔적이 떠올랐기 때문이다. 그 역시 믿을 수 없는 발견이었다. 서희는 본능적으로 자신이 목격한 잘린 손이 상훈의 것이란 사실을 배제할 수 없었다. 그녀의 육감에 가까운 직관을 확신시키듯 민서가 말했다.

"손에 반지가 끼워져 있더군요."

"반지요?"

"이겁니다."

민서가 투명 랩에 보관된 반지를 서희에게 보여주었다. 그녀는 어렵지 않게 반지를 알아보았다.

"CS 그룹 반지군요."

"금방 알아보시네요. 맞습니다."

"그런데 저 반지는 중간 직급 이상이나 연구원들이라면 하나쯤 갖고 있는 반지로 알고 있어요."

"정상훈 씨도 CS 그룹에 재직 중이시죠?"

"그런 걸로 알고 있어요."

서희가 알고 있는 상훈의 이력은 그 정도가 고작이었다. 그가 물리학을 전공했고 CS 그룹 계열사인 CS 화학 선임 연구원으로 재직한다는 것. 그 이상도 이하도 알지 못했다. 문득 서희는 자신이 평생을 함께하고자 했던 남자에 대해 아는 게 별로 없다는 사실에 뜻 모를 죄책감마저 들었다. 민서가 말을 이었다.

"정상훈 씨가 반년간 무급 휴직을 신청하셨습니다."

"무급 휴직요?"

이렇게, 이런 식으로 이른 새벽 생면부지의 강력계 형사로부터 1년 동안 아무것도 알지 못했던 전남편의 근황을 듣게 되다니. 서희는 문득 허탈한 마음이 들어 가슴이 쓰렸다. 하지만 여전히 아쉬움으로 남아 있는 의문만큼은 쉽게 떨쳐버리지 못했다. 그녀는 현재 상황이 말하고자 하는 본질적 진위를 추궁하는 결정적 질문을 민서에게 건넸다.

"그가 휴직계를 낸 것, 그리고 이 손에서 CS 그룹 반지가 발견된 것만으로는 상훈 씨가 살해되었다고 단정하는 건 섣부른 추측 아닌가요?"

그녀는 기대했다. 민서가 자신이 우려하는 것 이상의 확신을 주지 않길 원했다.

"물론 저도 그렇기를 바랍니다. 하지만 정황을 무시할 수 없어서요."

"정황요?"

"반지에 대해 알고 계신 게 그 정도뿐인가요? CS 그룹 사람이라면 모두 하나씩은 갖고 있다는 수준의 정보 말입니다."

"그렇게 알고 있어요."

"사실과 다릅니다."

"다르다고요?"

민서가 반지를 가리키며 말했다.

"이 반지는 두 가지 종류로 제작됩니다. 한 가지는 CS 그룹 임직원 모두에게 공통적으로 지급되는 반지고, 다른 하나는 지금 이 반지처럼 CS 엠블럼 중심에 두 개의 별이 첨가되어 있습니다."

유난히 푸르고 화려한 엠블럼이 새겨진 부분이 서희의 시야 속으로 날카롭게 파고들었다.

"어떤 차이죠?"

"CS 그룹은 회사 차원에서 기여도가 높은 연구원과 임직원을 연말에 선발하여 이 반지와 함께 포상했던 것으로 알려져 있습니다."

"……."

"무급 휴직을 내기 이틀 전 정상훈 씨는 CS 화학 우수 선임 연구원으로 선정되어 금전적 포상과 함께 이 반지를 받았다고 합니다."

"……."

"물론 이 역시 절대적 증거는 될 수 없겠죠. 하지만 여러 정황으로 미루어볼 때 저는 정상훈 씨의 실종과 이 잘린 손이 무관하다고 단정 지을 수 없었습니다. 그래서 실례를 무릅쓰고 의원님께 연락드린 겁니다."

불행하게도 서희는 잘린 손, 다섯 손가락의 윤곽을 살펴보는 것만으로도 손의 주인이 상훈이라는 생각을 지워내지 못했다. 차라리 그 반지가 상훈의 것이 아니란 증거가 되어주길 바랐는지도 모른다.

서희는 한동안 부검대 위에 올려놓은 잘린 손을 바라봤다. 오른손으로 보이는 다섯 손가락이 제각기 독립적으로 뻗은 느낌이 강했다. 무엇보다 무언가를 움켜쥐기 위한 강한 악력을 실감했다. 무언가를 잡기 위한, 또는 무언가를 말하기 위한 필사의 의지가 담겨 있는 모습이었다. 민서가 조심스럽게 말문을 열었다.

"한 가지 의문이 있습니다."

서희는 잘린 손에서 눈을 떼지 않은 채 민서의 질문에 반응했다.

"뭐죠?"

"지문을 지울 정도로 철저히 신분을 감추고자 했던 손에 반지가 끼워져 있다는 사실이 이상합니다."

"반지가 끼워진 채로 발견됐나요?"

"예."

"……."

"그래서 저는 정상훈 씨를 더더욱 이 손의 주인으로 생각하고 있습니다."

"어째서요?"

"반지를 통해, 뭔가를 말하고 싶었던 것이 아닐까요?"

"누가요?"

"정상훈 씨를 이렇게 만든 자일 수도 있겠죠."

"저도 묻고 싶은 게 있어요."

"말씀하시죠."

"이 훼손된 손, 어디서 발견됐죠?"

"광장입니다."

"광장?"

"예, 광화문 광장. 지난주 일요일 오후에 부모와 산책 나온 아홉 살 어린아이가 발견했습니다."

"……."

"검고 아담한 선물용 케이스에 담겨 광장 한복판에 있었다고 했습니다."

"믿을 수 없어요."

서희의 마지막 말, 민서는 충분히 공감했다. 믿을 수 없는 일이 분명하다. 하지만 민서가 이 손의 발견을 믿을 수 없는 이유는 다른 곳에 있었다.

4

서울 광역수사대 주민서 팀장이 광화문 광장에서 발견된 잘린 손에 관심을 갖게 된 건 그 자신만의 주관적 관심의 발로發露일 수 있었다. 광역수사대가 특수 강력 사건을 관할하는 직무이긴 해도 열 개 팀이 넘을뿐더러 각 팀에 주어지는 사건의 총괄을 윗선에서 주도하기 때문에, 각자에게 할당된 사건 이외의 사건에 관심을 갖는 건 그야말로 일반인이 뉴스를 통해 접하는 정보 수준 이상도 이하도 아닌 것이 현실이었다.

일명 '광화문의 잘린 손' 사건 역시 민서가 팀장으로 있는 강력 2팀의 관할이 아니었다. 하지만 민서는 동물적인 직감으로 이 사건이 현재 자신의 팀에 할당된 강도 높은 강력 사건 수사와 연관성이 있음을 확신했다. 동시에 민서는 한 가지 근본적인 의문을 품었다. 그 한 가지 의문이 민서로 하여금 연일 자신의 팀을 압박해오는 강력 사건 수사를 뒷전으로 미루고 손의 주인을 찾는 데 혈안이 되도록 만들었는지도 모른다. 그 하나의 의문은 바로 언론의 태도였다.

언론이 너무 조용했다. 상식적인 대응으로는 좀처럼 보기 어려운 언론의 침묵은 민서에게 단순한 흥미를 넘어선 관심거리를 선사했다. 물론 광화문 사건에 대해 사회불안 조장을 이유로 사건 초기에는 발설하지 말라는 경찰청의 오프더레코드 지시가 있던 것은 분명하다. 국립과학수사연구원 감식 결과 역시 철저한 보안을 유지하라는 지시가 내려졌다. 하지만 경찰청의 지시대로 움직이는 어용 언론이 몇이나 있던가. 언론의 감시 기능이 가장 촉수를 세우는 건 사회부, 도심지 내 강력 사건이 아니었던가. 사건의 강도만 보더라도 사회면 헤드라인은 충분히 차지하고 남을 수준이었지만 이에 대해 언론은 침묵했다. 마치 약속이라도 한 듯.

물론 반지의 정체가 밝혀지기 전까지 민서는 언론의 침묵에 대한 의문을 수사 착수라는 실행으로 옮기진 않았다. 무엇보다 민서가 팀장으로 있는 강력 2팀에게 주어진 사건의 중요성과 무게감이 너무나 컸기 때문이다. 그런데 '국과수'에 연구원으로 근무하는 경찰대 선배와의 비선 연락을 통해 민서는 반지의 정체를 알게 되었다. 그것이 CS 그룹 특별 대상 직원에게 수여되는 반지란 사실을 알게 되면서 그는 이 사건이 자신이 맡고 있는 연쇄살인 사건과 밀접하게 연관되어 있다는 필연적 확신에 사로잡혔고, 그 확신이 민서로 하여금 행동하게 했다. 민서는 자신의 팀에 할당된 일련의 살인 사건을 연쇄살인으로 명명했다. 하지만 민서의 주장을 액면 그대로 수용하는 동료는 많지 않았다. 심지어 같은 팀원들까지도 억지스러운 면이 있다는 의견을 피력했다.

정확히 네 명이 죽었다. 서울 시내 곳곳, 강남과 강북을 가리지 않고, 살해 수법도 각양각색이다. 추락사를 가장한 사고, 뺑소니 교통사고로 위장되어 사체 수습조차 어려운 피해자도 있었다. 사건의 단선적 나열만으로 볼 때 공통점은 발견되지 않았다. 그러나 네 명의 피해자에겐 피하기 어려운 공통점이 있었다. 바로 CS 그룹과 직간접적으로 연관된 인물들이란 사실이었다.

민서의 판단이 전혀 과학적이지 못한 추론은 아니었다. 반년 사이 네 명의 살해 피해자가 국내에 잘 알려진 대기업과 연관되어 있다는 사실에서 원한 관계 내지는 일종의 커넥션을 생각해 볼 여지가 충분한 것이다. 하지만 그 그룹이 국내 재계 순위 영순위에 꼽히는 CS 그룹이란 점을 생각하면 이야기는 달라진다.

CS 그룹은 동종 계열사, 계열사와 한 식구나 다름없는 협력업체, 그 협력 업체와 직간접적 고용 관계를 맺고 있는 외주 업체, CS 그룹과 운명 공동체일 수밖에 없는 창업주 가족, 형제들이 차린 또 다른 그룹들이 거미줄처럼 파생되어 있는 지배 구조를 갖고 있다. 대한민국에서 CS 그룹과 완전히 무관한 사람을 발견한다는 게 오히려 더 어려울 정도다. 그 때문일까. 민서의 동료들과 상사는 그의 주장에 대해 회의적인 반응을 보였다. 지나친 비약과 심지어는 공상에 가까운 음모론이라고 민서의 주장을 평가절하했다.

민서도 자신이 수사 방향을 잘못 짚었다는 회의에 빠지기도

했다. 적어도 광화문 광장에서 발견된 잘려 나간 손, 그 손에 끼워져 있는 CS 그룹 반지를 발견하기 전까지는 그랬다.

5

서희는 정영문 위원장의 시국 강연회에 참석했다. 별도의 예약도, 참석 통보도 없이 참석한 자리였지만, 그녀는 본의 아니게 정 위원장 강연회의 또 다른 주인공으로 주목받게 되었다. 남산에 위치한 '민주자유총연맹' 건물 3층의 대강연장, 정영문은 이곳에서 매월 마지막 주 수요일마다 사회 원로들과 함께 시국 강연회를 가졌다. 고령의 원로들이 모인 시국 강연 모임이라 해서 낡은 세태 비판과 대안 없는 나라 걱정으로 도색된 모임은 아니었다. 시국 강연이 무색할 정도로 정영문의 말 한마디, 한마디는 범접하기 힘든 시대의 울림을 품고 있었다. 국내외 정세를 강연 전면에 내세우기보단 나라를 구성하는 인물의 됨됨이, 윤리 의식에 대한 말들의 성찬이 대부분이었다. 그 모습을 서희는 거의 2년 만에 다시 접하게 된 것 같아 반가웠다.

휴식 시간에 정영문이 서희를 소개했다. 자신의 둘도 없는 죽마고우이자 시대의 격랑을 함께 헤쳐오던 김승철 의원의 무남독녀로서 금번 보궐선거에 아버지를 대신해 해능시 국회의원으로 당선되었다는 식의 비교적 평범한 소개였지만, 강연회에 참석한 스무 명 남짓한 원로들은 저마다 한마디씩 하며 서희의 결단과 이제는 고인이 된 김 의원의 공적을 치하했다. 사회 원로들과 인사를 나누며 웃음 지어야 하는 일은 지금의 서희에겐 고통이었다. 특히 강력계 형사 민서를 만난 후부터 그녀의 심리는 공황 상태라 해도 과언이 아니었다.

국과수에서 잘린 손을 볼 때만 해도 서희는 1년 동안 보지 못한 남편 상훈에 대한 기억의 희미함과 전신이 아닌 단지 잘린 손을 대하는 것만으론 충분한 실감이 안 되었다. 하지만 하루가 지난 지금 서희의 내면은 전율하고 있었다. 남편의 손이 분명하다는 확신, 굳이 반지를 확인하지 않고도 다섯 손가락의 윤곽만으로도 어느 한때나마 자신의 손을 다정하게 붙잡던 상훈의 손이 분명하다는 확신이 서희를 고통스럽게 했다. 한 걸음조차 떼기 힘들 정도로.

그럼에도 서희는 정영문을 찾아 이곳에 왔다. 정영문이라면, 한때 자신이 시아버지로 섬겼던 이분에게라면 헤어진 남편에 대한 보다 정확한 소식을 들을 수 있을 거란 생각에 그의 자택을 찾는 것을 생략하고 바로 이곳 강연장으로 달려온 것이다.

시국 강연을 마치고 회의장 옆에 마련된 대기실에서 서희와 마주 보고 앉은 정영문의 표정이 돌연 변했다. 강연장 안에서 한때였지만 자신의 며느리를 며느리가 아닌 죽은 친구의 딸로 소개할 때의 밝은 표정과는 정반대였다. 서늘하게 변한 표정이 서희를 두렵게 했다. 그녀는 오히려 강연장에서 자신에게 보여준 그 밝은 표정이 진실이길 바랐다. 하지만 서희의 희망은 점점 충격으로 뒤엉킨 절망의 먹구름에 휩싸이기 시작했다. 정영문이 입을 열었다.

"안 좋은 소식이라도 들은 거냐?"

서론에 해당하는 인사말을 거두고 바로 본론으로 들어가는 태도, 하지만 무례하진 않은, 오히려 상대에 대한 배려가 느껴지는 정영문의 화법에 서희는 어렵지만 비교적 신속하게 반응했다.

"어제 아침 상훈 씨 소식을 접해 들었어요."

"어떤 소식?"

"그보다 먼저 아버님께 여쭙고 싶은 게 있어요."

"말해라."

아버님이란 말이 여전히 입에서 지워지지 않는다. 아마도 영원히 서희에게 정영문은 '아버님'일지도 모른다.

"상훈 씨를 마지막으로 만나신 게 언제셨죠?"

"글쎄."

정영문의 손이 가볍게 떨렸다. 서희는 테이블 위에 올려놓은 그의 손을 유심히 지켜보았다. 동시에 그의 목을 감싸고 있는 하얀 로만 칼라까지. 자신은 가톨릭 사제가 될 자격이 없다는 자책에 가까운 말을 입버릇처럼 하고 다녔지만 서희는 정영문, 그만큼 로만 칼라가 어울리는 사람은 없을 거라는 생각을 늘 하곤 했다. 그랬기에 상훈에 대한 행방을 더욱 솔직하게 털어놓을 수 있는 건지도 몰랐다.

"상훈 씨에 대한 좋지 않은 소식이 들려서 아버님께 확인하고 싶어 왔어요."

"안 좋은 소식이라면."

"죄송합니다."

고개 숙인 서희에게 정영문이 무언가를 건네주었다. 양복 속주머니에서 꺼낸 편지 봉투였다. 열린 봉투 틈새로 곱게 접힌 종이 한 장이 서희의 눈에 들어왔다. 정영문이 말했다.

"나는 짐작하기 힘들다. 상훈은 내게 특별한 아이였지만 그 아이에 대해 내가 알고 있는 게 거의 없어."

"이게 무엇이죠?"

"한 달 전, 내 앞으로 온 상훈의 편지다."

"……."

"하지만 수신자가 서희, 너로 되어 있더구나."

"저에게요?"

"읽어보아라."

직접 보내지 않고 자신의 아버지, 더 정확히 말해 양부養父 편에 헤어진 아내에게 보내는 편지의 내용이란 게 무엇일까. 서희는 조심스럽게 봉투 속에 담긴 종이를 꺼내 펼쳐 보았다. 출력 용지로 보이는 A4 사이즈 종이 한 장엔 몇 문장의 문구가 단출하게 적혀 있었다. 인쇄된 문장 밑에는 이것이 자신이 쓴 것임을 확증하기라도 하듯 정상훈의 이름과 자필로 추정되는 서명이 되어 있었다. 몇 마디 문장이 충격적인 건 아니다. 서희의 눈을 사로잡은 건 마지막 한 문장이었다.

당신에게 미안해.

그 한마디에 모든 것이 담겨 있는 게 아닐까. 서희의 눈시울이 자신도 모르게 붉어졌다. 정영문은 침착했다. 하지만 침통함만큼은 지울 수 없었다. 짧지만 분명하게 옅은 한숨을 내쉰 정영문이 그 편지가 유서임을 확인시켜주는 부연 설명을 서희에게 말해주었다.

"서희야."

"말씀하세요."

"어떤 소식을 들었을지는 모르겠지만 난 믿고 싶지 않다. 다만."

"……?"

"그 아이가 어떤 선택을 했든 우리는 그 선택을 존중해야 할 필요가 있어."

"아버님."

"말해라."

"이런 것도 정말 신의 뜻인가요?"

"가슴 아프겠지만 받아들여라."

"전 아무것도 알지 못해요. 그이에 대해서, 그이가 어떤 식으로 죽음을 결심해야 했는지 아무것도. 그런데 어떻게 받아들일 수 있다는 거죠?"

"……."

"전 알고 싶어요, 알아야겠어요."

"하필이면 중요한 때, 서희 너한테 폐를 끼치는 것 같구나."

"아니에요. 그냥 전 알고 싶은 것뿐이에요. 그이에게 어떤 문제가 있었는지에 대해서요."

"……."

"처음 그이가 헤어지자고 할 때도 그랬고, 지금도 같아요. 전 상훈 씨에 대해 알고 있는 게 너무 없어요. 비록 과거형이지만 평생을 함께하자 약속했던 사람에 대한 예의가 아닌 것 같아요. 그래서 알아야겠어요."

자신이 무슨 말을 하고 있는지 의식하지 못하는 상태에서 서희는 독백처럼 '알아야겠다'는 다짐을 반복했다.

서희가 자리에서 일어났다. 전남편의 유서임이 분명한 종이 한 장을 손에 쥐고 정영문을 향해 간단히 묵례한 뒤 대기실 밖, 복도로 걸어 나갔다. 정영문은 서희를 더 이상 붙잡지 않았다.

종교, 기업에 손을 내밀다.

Q. '기업의 종교화' 주장에 대한 설명 부탁드립니다.

A. 종교는 본래 인류에게 필요악이었지. 필요하지만 잘못 사용하면 칼과 창, 전쟁 무기가 되지. 그건 종교성이 잘못된 탓이 아니야. 종교의 외면이 왜곡된 채로 표현되기 때문이지. 그 왜곡된 상像을 지우는 게 바로 종교인의 역할이네.

Q. 왜곡된 상을 지우는 것과 기업의 종교화는 어떤 관계가 있습니까?

A. 기업은 단순히 돈을 버는 곳이 아니라 인간의 삶 그 자체가 되어버렸지. 기업이 인류를 먹여 살린다는 것에는 거대한 의미가 함축되어 있네. 먹고산다는 건 존재의 생존을 뜻함이고, 이때의 생존은 동물적 욕구 충족만을 넘어서지. 이 생존은 보다 고결한 차원을 지향하는데, 바로 신성을 향한 욕망이야. 다시 말해 인류는 신성을 향한 욕망을 기업을 통해 구현하고자 하지. 기업이라는 구조 자체를 원하거나 거부하거나 하는 문제가 아니야. 기업의 속성을 오늘의 지구촌이 그런 식으로 규정해버린 거네.

Q. 종교가 기업을 지배하는 이념적 근간을 제공해야 한다는 취지에서 '기업 윤리 자문의원'을 수락하신 건가요?

A. 이념이라는 표현보단 기업 윤리의 근간이라고 해두지. 직무 수행은 나타난 역할의 범주에 지나지 않고 보다 중요한 건 정신의 교류야. 종교인으로서 나는 기업이 속 깊이 감추고 있는 '신을 향한 욕망'

의 뇌관을 건드려주면 되는 거네. 그건 기업이 단순히 이윤을 향한 욕망의 베일을 벗는 방법이기도 하지.

Q. 이윤을 향한 욕망과 신을 향한 욕망은 어떤 차별성이 있습니까?

24000059 4~5P

발

1

방이동 고급 빌라 타운에서 남자 사체 한 구가 발견되었다. 그 사건으로 민서의 강력 2팀이 급파되었다. 강력 2팀의 막내 형사인 신참 강호규가 현장을 보존했고, 민서는 20분 뒤 감식반을 대동하고서 현장에 도착했다.

민서의 시선을 잡아끈 건 온몸에 자상刺傷을 입고 살해당한 피해자의 모습이 아니었다. 거실 카펫 바닥에 함부로 방치되듯 쓰러진 피해자의 모습은 그 사안의 위중함으로 볼 때 충분히 충격적이었지만 민서의 시선은 결코 흔하지 않은 살해 현장의 잉여에 집중되었다. 감식반이 다가가 그 잉여의 증거에 접근하려 할 때였다. 민서가 호규에게 물었다.

"현장 그대로 보존된 거야?"

"예."

"신고는 누가 했어?"

"저기…… 부인이."

호규가 손으로 가리킨 부엌 의자에 피해자의 아내로 보이는 사십대가량의 여자가 앉아 있었다. 여자의 곁은 고등학생으로 보이는 딸이 지키고 있었다. 둘 모두 넋이 나간 듯한 표정이었다. 슬픔도, 분노도, 그 어떤 감정으로도 명확한 설명이 어려운 상태. 민서는 직감적으로 신고자인 가족의 소행은 아닌 것으로 확신했다.

감식반 동료들과 민서 그리고 호규까지. 그들은 누가 먼저랄 것도 없이 피해자 옆에 놓인 또 다른 잉여의 충격 앞에 시선을 고정시켰다. 피해자의 발 옆에 나란히 놓여 있는 또 하나의 발. 정교한 솜씨로 발목 부위에서부터 잘라 낸 그것을 보며 민서는 평소 면식이 있던 감식반 동료에게 말을 걸었다. 그는 현장 사진을 찍는 중이었다.

"저번 광화문 광장과 동일하지?"

"어떤 점이?"

"족문 말이야."

"맞아. 더 조사해야겠지만 약품을 쓴 게 분명한데."

민서는 거듭 확인차 피해자의 두 발을 살폈다. 피해자의 두 발은 잘려 나가지 않았다. 다만 심장과 목 부위에 수많은 자상을 입은 게 전부였다. 민서가 호규에게 물었다.

"사체 발견 시각이 언제라고 했지?"

"세 시간 전요."

"다른 희생자는 없어?"

"없어요."

"그래……?"

"팀장님."

"말해."

"팀장님이 하셨던 말씀이 맞는 것 같아요."

"어떤 말?"

"연쇄살인이라고 하신 거 말이에요."

호규가 조심스럽게 말문을 열었다. 이제 갓 1년 차인 호규가 10년 차 베테랑인 민서에게 이런 식의 사담을 건넨 것이 처음이라 민서가 호규를 올려다보았다. 자신에게 시선을 준 민서를 보며 호규는 더욱 용기를 냈다. 그런 그의 눈빛이 빛났다.

"신원 확인했어?"

"예. 장국현 부장이에요."

"부장? 어느 회사야?"

"CS요."

"CS 어디?"

"CS 화학, 영업 전략팀 부장이에요."

민서가 자리에서 일어섰다. 사체는 수습되었다. 감식반의 감식이 끝나고 피해자의 사체와 훼손된 사체 일부인 잘린 발이 별도로 119 구급차 안으로 끌려 들어갔다. 피해자의 존재가 감춰진 바로 그 시점이 돼서야 피해자의 아내가 울기 시작했다. 그제야 실감이 된 것일까. 거실 바닥을 온통 적포도주 빛깔로 물들인 남편의 핏자국. 민서는 여자의 통곡을 씁쓸하게 지켜봤다.

2

첫 번째, 김말년. 54세. 한일 용역 청소 관리원.

두 번째, 문동식. 39세. CS 방호 방화 관리원.

세 번째, 한성춘. 41세. 우성 조선 도료 생산부 사원.

네 번째, 강일구. 25세. 강남 택배 물류 관리원.

그리고 다섯 번째, 장국현. 네 명의 피해자들 사진과 인적 사항을 화이트보드에 붙인 민서가 다섯 번째 피해자인 장국현을 추가로 기입해 넣었다. 팀원들은 다섯 번째 피해자가 발생하자 더 이상 민서의 추리가 영화에서나 봄직한 음모론에서 비롯된 발상이 아님을 인정할 수밖에 없었다. 희미하지만 눈을 감고 있을 수만은 없는 피해자들 간 연결 고리가 발견되었기 때문이다. 그 고리의 중심에 장국현이 자리했다. 민서는 혼잣말을 하듯이 장국현의 출신과 이력을 중얼거렸다.

"장국현. 50세. CS 화학 영업 전략팀 부장."

민서 옆에 서 있던 동기 민태욱이 물었다.

"지난 광화문 광장 사건 때 말이야."

"응."

"손에서 발견된 반지. CS 화학 소속 선임 연구원의 것으로 추정된다고 했지?"

"추정이 아니야. 확실해."

"장국현. 이자도 CS 화학 소속이야."

"그렇지."

"난 아직도 이해가 안 돼."

"뭐가?"

"장국현은 그렇다 해도 다른 네 명은 뭐지? 네 명 중 CS와 직접적으로 연관된 인물은 방화 관리원 문동식밖에 없잖아."

"핵심을 통해서 보면 네 명의 상관관계는 분명해. 물론 정확한 설명은 어렵겠지만."

"핵심이 뭐지?"

"뭔지는 아직 몰라. 하지만 핵심이 어디서부터 시작됐는지는 알 수 있을 것 같아."

"그게 어딘데?"

민서는 답 대신 먼저 보드에 뭔가를 적어 넣었다. 첫 번째 피해자 김말년의 직장인 한일 용역에 동그라미를 그린 다음 그 옆에 다음과 같이 적었다. 민서가 적어 넣은 글을 신참 호규가 따라 읽었다.

"나라 산업?"

"나라 산업이란 회사가 하청을 준 용역 청소 업체가 한일 용역이야. 그런데 나라 산업이 원청 업체가 아니었어."

"그럼…… CS 환경인가요?"

민서가 고개를 끄덕였다. 곧이어 네 번째 피해자 강일구의 인적 사항 중 강남 택배에도 동그라미를 적으며 말했다.

"강남 택배 역시 원청을 주는 회사는 CS 유통이야."

태욱이 어처구니없다는 듯 말문을 열었다.

"CS를 빼면 이야기가 안 되는군."

"문동식은 CS 방화 관리원이라고 했고, 그럼 한성춘은 뭐죠? 우성 조선 도료 생산부 직원인데. 우성 조선도 CS 계열사인가요?"

호규의 질문에 민서가 고개를 가로저었다. 그러고는 말했다.

"우성 조선이 핵심이야."

"CS와 관련 없는 회사로 보이는데요?"

"관련이 있는지 없는지는 우성 조선에 직접 가보면 알 수 있겠지."

민서는 다시금 다섯 번째 피해자 장국현의 사체 옆에 놓인 잘린 발에 대해 생각했다. 사건 현장에 보란 듯이 제물처럼 올려놓은 훼손된 사체. 민서는 더 이상 이 사건을 외면할 명분을 찾지 못했다.

3

이들은 아무 말 없이 먹기만 했다. 초대형 상 위에 올려놓은 이름조차 알 수 없는 해산물과 보양식을 향해 쉼 없이 젓가락질을 해대는 이들의 모습, 그 모습을 서희는 경멸도, 부러움도 아닌 눈길로 지켜보았다. 문득 창밖에 비치는 해능시 해안가의 바다 풍경을 바라봤다. 미동조차 하지 않는 푸른 물길이 끝없이 펼쳐져 있는 해능시의 바다는 아름다웠다. 서희의 마음속에서 해능시는 적당히 적요하면서도 나름의 활기를 갖고 있는 곳이었다. 하지만 국회의원이란 몸에 맞지 않은 옷을 입은 이후 맞게 된 해능시는 더 이상 서희에게 낭만의 장소가 아니었다. 그렇다고 치열한 삶의 투쟁장도 아니었다. 그녀는 해명할 수 없는 답답함을 느끼고 있었다.

국회의원 집무를 시작한 지 벌써 한 달이 지났다. 그동안 서희는 소위 지역구 인사들을 만나 식사를 한 것이 활동의 전부였다. 인수인계를 받아야 하는 커다란 사안들은 이미 지자체와 행정 관료들이 진행 중이었다. 무엇보다 양윤수 보좌관의 스케줄 관리가 서희로 하여금 무의미한 식사 시간에만 집중하게 만들었다.

물론 명분은 확실했다. 아버지 김승철 의원 역시 지역민들과의 대화와 호흡을 최우선으로 여겼다는 것. 그 말에 공감했기에 서희는 양 보좌관이 결정해놓은 스케줄대로 따랐지만, 금번 점심 식사에서만큼은 기어이 젓가락을 내려놓고 싶은 충동에 휩싸였다.

해능시의 부동산, 교육 관련 지역 유지라고 알려진 이들의 명함은 활동 영역을 알 수 없는 온갖 협회장 따위의 감투로 도배되어 있었다. 이들과 함께 모인 횟집에서 서희가 주고받은 대화 내용은 단 두 가지로 압축되었다. 그 두 가지 외엔 주제가 없었다. 하나는 아버지 김승철 의원의 업적을 회고하는 일이며, 다른 하나는 우성 조선 파업의 조속한 해결에 대한 의견 피력이었다.

한 가지 분명한 공통점은 있었다. 일주일간 계속되는 행정직 공무원, 지역 인사, 해능시에 기반을 둔 경제인들과의 식사 자리를 통해 접해 들은 것은 그들이 한 건의 이견도 없이 우성 조선 파업에 대해 통일된 견해를 보여주었다는 사실이다. 전복을 입에 밀어 넣은 채 말문을 열며 스스로를 고급 장돌뱅이라고 소개한 김 회장이 그러한 통일된 의견의 핵심이 되는 한마디를 내뱉었다. 오래된 습관처럼.

"우성 조선, 그거 이제 문 닫아야 됩니다. 돌아가신 김 의원께서도 그 문제 때문에 골치깨나 썩으셨거든. 이제 김 의원 따님이신 작은 김 의원님이 그 일을 대신하셔야 되겠네요. 우리가 힘껏 돕겠습니다."

"어째서 폐쇄를 주장하시는 거죠?"

의외의 질문이라고 생각한 걸까. 자리에 모인 다섯 명의 지역 유지들이 서희의 되물음에 일제히 하던 동작을 멈추고 그녀를 신기하게 쳐다보았다. 서희는 최대한 예의 바르게 김 회장에게 재차 물었다.

"다른 노력도 필요하지 않나요?"

"노력은요. 벌써 1년을 훌쩍 넘겼습니다. 지금까지 손해만 몇백 억이 넘는다고 하던데, 그럼 볼 거 다 본 거 아닙니까?"

"지역 경제 차원에서 회사를 살리는 방향으로 가닥을 잡는 게 좋지 않을까요? 우성 조선이 해능시에 기여하는 바도 무시할 순 없잖아요."

"아, 우리 작은 의원님이 아직 잘 모르시는 모양인데."

그렇게 말한 김 회장이 손짓으로 비서를 불렀다. 김 회장은 자신의 얼리어답터적 성향을 자랑이라도 하려는 듯 '아이패드'를 상 위에 올려놓았다. 화면엔 비서가 이미 세팅해놓은 GPS가 보였다. 해능시 전도全圖였다. 김 회장이 손가락으로 해안가에 위치한 우성 조선 자리를 가리키며 말했다.

"바로 우성 조선 주위로 대기업이 들어온다는 거 아닙니까."

김 회장의 말을 수산협회장이라고 자신을 소개한 오 전무가 거들었다.

"우성 조선처럼 노조 문제가 복잡하지도 않고, 정부에서도 적극 밀어주는 민관 합동 사업이 해능시에서 시범 케이스로 시작된다 이겁니다."

"아직 우리 작은 의원님이 국정 파악을 덜 하셔서 그런 것 같아요."

서희는 말끝마다 호칭에 '작은 의원님'을 들먹이는 김 회장의 비아냥거림을 마음에 담아둘 겨를이 없었다. 김 회장의 말이 끝나기가 무섭게 서희가 되물었다. 우성 조선을 대신할 기업이 어디이며, 그것이 가능한 근거가 무엇인지. 서희도 대략의 윤곽에 눈을 뜨고 있었다. 아버지 김 의원이 돌연 별세하기 전까지 고심하던 문제에 대해 서희 역시 어느 정도는 파악하고 있었던 것이다.

"그게 어디죠? 저는 본래 정부 차원에서 시행하는 신재생에너지 개발 사업을 민간투자와 병행하는 형식으로 진행한다고 들었어요."

"잘 알고 계시군요, 작은 의원님. 정부에서도 밀어주니까 더 안심이죠."

"사업에 참여할 기업이 결정된 건가요?"

서희의 물음에 양 보좌관이 넌지시 다가가 낮은 목소리로 알려주었다.

"의원님 보궐선거 당선일에 발표됐습니다. CS 그룹 계열사인 CS 화학이 유력하다고요."

서희가 양 보좌관을 바라보는 사이 김 회장이 서희의 자리에 놓인 빈 잔에 술을 따라 넣었다. 그러고는 말했다.

"자, 우리 작은 의원님. 이제부터가 시작입니다. 의원님께서는 정말이지 다 차려놓은 냉면에 고명만 예쁘게 올려놓으시면 됩니다. 아시겠죠?"

넉살 좋게 말한 김 회장은 서희가 술잔을 들건 말건 상관없이 건배를 제안하고 스스로 자신의 잔을 비웠다. 그제야 서희는 일주일 동안 반복됐던 지역 유지들의 '잘 부탁한다'는 말의 의미를, 그 진위를 파악할 수 있었다. 행정의 문제가 이런 식의 일사불란함을 보인다면 걸어다니는 입법기관인 국회의원이 해야 할 일은 입법일 것이다. 서희는 임시국회가 오래지 않아 다가온다는 사실을 새삼 기억했다.

4

양 보좌관이 난색을 표했다. 서희를 무척 안쓰러운 눈길로 쳐다보는 버릇 또한 고치지 않았다.

"곤란합니다, 의원님."

"제가 가야 할 곳에 가는 것뿐이에요."

"그렇지만 오늘은 서울에 올라가셔야 합니다."

"오늘은 대정부 질문도, 초선 의원 모임도 없는 걸로 알고 있는데요."

"그런 모임이야 불참하셔도 상관없지만, 여당 중진 의원들께는 당선 인사를 드려야 합니다."

"죄송해요. 이제 더 이상 양 보좌관님께 제 스케줄 관리를 일임하진 않겠어요."

"의원님."

양 보좌관이 자신도 모르게 다그치는 듯한 말투로 서희를 불렀다. 하지만 서희는 당황하지도, 그렇다고 자신의 의견을 굽히지도 않았다. 양 보좌관은 서희의 작은아버지 춘수를 연상시키는 연배의 어른이었다. 국회의원 보좌관이 대부분 삼사십대 초반의 연령임을 감안할 때 상상을 넘어서는 나이였지만, 김승철 의원의 국정 대부분을 함께한 그는 김 의원의 수족과 같은 존재였기에 서희가 감히 명령하거나 지시할 수 있는 관계는 아니었다.

양 보좌관이 당혹스러워한 건 당연했다. 자신과 아버지와의 관계를 당연히 알고 있는 서희가 보인 당찬 반응 때문이다. 그가 평소에 알고 있는 서희는 대학에서 미술사학을 가르치는 교수에 지나지 않았다. 아늑한 상아탑 속에서 고고함을 이어가는 학자의 모습.

그러나 서희는 자신이 이미 진흙탕이라 불리는 정치판 안으로 들어선 인물이라는 분명한 자기 정체성을 자각했다. 동시에 그 자각은 아버지의 별세 직전 한 달간의 모습을 떠올리는 것으로 충분한 동력을 얻을 수 있었다. 아버지 김승철 의원은 고민하고 또 고민했었다. 자신이 직접 발의한 법안의 통과를 두려워하던 그의 모습을 서희는 분명히 기억하고 있다. 서희는 그 이유를 알고 싶었다. 그래서 그녀는 우성 조선의 현재 사정을 책상에 올려놓은 서류가 아닌 현장의 소리로 듣기 위해 우성 조선 파업 현장 시찰을 원했던 것이다.

한동안 실랑이를 벌이던 양 보좌관이 끝내 지고 말았다. 체념한 그가 서희에게 당부하듯 말했다.

"객관적으로 보셔야 합니다. 어느 한쪽의 주장만 받아들여선 안 됩니다."

"명심하겠어요."

5

서희가 찾은 곳은 우성 조선의 파업 현장이었다. 해능시 해안가의 중심을 조선소로 사용하는 우성 조선은 어린 서희의 기억 속에 더없는 활력과 분주한 열기로 가득한 곳으로 각인되어 있었다.

우성 조선의 역사는 김승철 의원이 해능시 초선 의원으로 당선된 시절부터 시작된다고 해도 과언이 아니었다. 석탄 산업이 사양길에 접어들던 당시 해능시는 별다른 산업 시설을 갖추지 못했다. 관광산업을 육성하자는 논의도 있었지만 다른 해안 도시에 비해 관광 명소가 될 만한 천혜의 자연도, 시설도 갖추지 않은 상태였다. 그런 와중에 김 의원이 조선소 유치를 적극적으로 시도했고, 당시 국내 5위권 안에 해당하는 규모의 대형 조선소인 우성 조선 유치를 이뤄낼 수 있었다.

김 의원의 의정 활동과 함께 성장해온 우성 조선은 어느 곳보다도 역동적인 활기를 지닌 곳으로 정평이 났다. 하지만 5년여 만에 우성 조선을 다시 찾은 서희는 해능시의 낯선 풍경만큼이나 이질감으로 가득한 풍광을 실감해야 했다. 조선소 내 모든 시설의 가동이 멈춰버렸다. 그에 반해 서희의 두 귀에 들려오는 건 비명 소리에 가까운 조선소 노동자들의 구호뿐이었다. 조선소 입구, 정문에 내걸린 플래카드는 제대로 된 것과는 거리가 멀었다. 농성원들의 피로 쓰인 듯, 혈서를 연상케 하는 강렬한 붉은빛을 띤 글씨로 '직장 폐쇄 연막 쇼를 거둬라!' '경영진은 즉각 대화에 임하라'는 등의 표어가 적혀 있었다.

보좌관도 대동하지 않고 혼자 현장을 찾은 서희에게 조선소 입구 진입은 결코 평탄한 과정이 아니었다. 서희가 김 의원의 딸이란 사실을 익히 알고 있는 노동자들은 파업 현장 안으로 들어오길 원하는 분위기였다. 하지만 문제는 조선소 입구를 둘러싼 경찰 병력이었다. 해능시 경찰 병력의 상당수가 차출된 듯 파업 현장에 상주한 경찰 병력은 적잖은 수였다. 그들은 파업 노동자들과의 오랜 대치로 인한 피곤과 권태로 점철된 얼굴이었다. 그건 아마 현장에 있는 노동자들 역시 마찬가지일 것이다.

입구에서 서희의 등장을 발견한 노동자들이 아우성치며 서희와의 대화를 요구했다. 그들은 물론 김 의원에 대한 실망감을 안고 있었다. 김 의원이 우성 조선의 폐쇄 문제에 대해 초기엔 강경하게 반대하다가 점차 미온적인 태도로 일관했다는 사실을 잘 알고 있기 때문이다. 그럼에도 김 의원만큼은 자신들 편이 되어줄 거란 기대를 잊지 않았기에 김 의원의 분신이라 할 수 있는 서희와의 대화를 강력히 요구했다. 그러나 서희는 더 이상의 접근이 어려웠다. 경찰 병력의 저지 때문이다.

"의원이 파업 현장에 들어가는 게 불법인가요?"

서희의 물음에 자신을 현장 책임자라고 소개한 해능시 경찰서 계장이 난처한 표정으로 답했다.

"물론 아닙니다. 하지만 의원님의 안전을 생각하면 저희로선 선택의 여지가 없습니다."

"저 안에 있는 사람들은 농성 중인 근로자들입니다. 폭도가 아니에요."

"의원님, 벌써 한 달째입니다. 저희도 그렇지만 저들은 아예

악이 받쳤어요. 무슨 일이 일어날지 모릅니다. 더구나."

"더구나 뭐죠?"

"의원님은 여당 소속이잖습니까."

"그게 무슨 문제가 된다는 거죠?"

"저들은 기억하고 있을 겁니다. 작고하신 김 의원님의 결단에 대해 말이죠."

"무슨 결단요?"

서희는 알지 못했다. 아버지가 우성 조선에 대해 어떤 결의를 보였는지. 계장은 무거운 표정으로 약간의 시간이 지난 뒤 다음과 같이 답했다.

"우성 조선 직장 폐쇄와 공권력 투입을 통한 강제해산을 주장하신 분이 김 의원이셨습니다."

"아버지가요?"

"더 이상 이곳에 희망이 없다고 판단하신 거겠죠."

서희는 다시 한번 파업 현장 내부 소리에 귀를 기울였다. 혼재되고 산발적인 외침이었지만, 그중에서 또렷하게 들려오는 한마디가 충격적인 여운으로 남았다.

'변절자의 딸, 들어와 백배 사죄하라.'

변절자. 저들은 아버지를 그렇게 기억하고 있는 걸까.

결국 서희의 현장 진입은 좌절되었다. 극한 대치가 벌어지고 있는 우성 조선은 그야말로 풍전등화의 현실을 보는 듯했다. 뒤늦게 도착한 양 보좌관이 서희의 행동에 대해 윗선에서 우려를 표명했다는 말을 전했다. 우려, 무엇에 대한 우려인가. 그리고 윗선은 또 뭐란 말인가. 비밀의 암호 같은 말을 이어가는 양 보좌관을 서희는 한참 동안 착잡한 표정으로 쳐다보았다.

6

민서의 개인 SUV 안에는 신참 형사인 강호규만 동석하고 있었다. 팀별로 움직이는 이른바 공무 이동에 민서의 개인 차량이 사용되는 법은 거의 없다. 보통 수사대에서 지원하는 차량을 이용한다. 또한 수사를 목적으로 이동할 경우 적어도 세 명 이상의 팀원과 동행하는 것이 일종의 규칙처럼 적용된다. 특별히 팀워크를 자랑하는 민서는 더더욱 팀원들의 개인행동을 좋아하지 않았다. 그런데 지금 민서는 호규만을 데리고 움직이고 있다. 다른 팀원들에게 자신의 행선지를 알리지 않은 상태에서 이뤄진 행보였다. 운전석에 앉은 호규가 조심스럽게 입을 열었다.

"팀장님."

"말해."

"지금 우리 어디로 가는 거죠?"

"해능시."

"해능시라면……. 정말 우성 조선에 가시겠다는 건가요?"

"너, 어제 회의 때 같이 있었잖아. 못 들은 거야?"

"아니요, 들었어요. 문제의 핵심이 우성 조선에 있다는 거."

"그렇지. 그럼 직접 현장에 가봐야 하는 게 정상 아니겠어."

"그런데 팀장님."

"왜 또?

"다른 팀원들은 따로 움직이는 건가요?"

"아니."

"그럼?"

"그걸 지금 몰라서 묻는 거야?"

민서의 되물음에 호규가 입을 다물었다. 아무리 신참이라지만 호규도 눈치라는 게 있었다. 팀 내부 회의에선 팀원들 모두 팀장 민서의 추리에 동의했다. 민서의 경찰대 동기 태욱도 예외는 아니었다. 최근의 피해자 장국현까지 포함해 CS 그룹, 그것도 CS 화학과 관계된 이들의 연쇄살인 사건이라는 것과 그들의 연결 고리가 우성 조선이라고 결론을 내린 민서의 잠정적 추리를 부정하지 않았던 것이다.

하지만 계장과 특수 수사대 지휘 본부의 생각은 달랐다. 지휘 본부는 이 사건을 연쇄살인으로 몰아가는 것 자체를 거부했다. 단순한 개별 원한 관계에 의한 살인이거나 우발적 범죄의 혼합형이란 견해를 일관되게 주장했다. 그 역시 충분히 일리 있는 주장이었다. 민서는 우성 조선을 중심으로 한 원한 관계에 의한 CS 관계자들의 살해라는 주장을 전개했지만, 그 주장이 설득력을 얻기엔 불충분했다. CS 화학과 직접 관계된 고위급 임원은 마지막 피해자 장국현이 유일했고, 나머지는 말 그대로 청소 용역, 방호실 직원 그리고 택배 기사였다. 남은 한 명도 우성 조선 직원일 뿐이라는 점 또한 원한 관계의 연결선 자체가 납득이 안 된다는 입장에 힘을 실었다.

용의자 구속 시 사건을 맡게 될 검찰부도 경찰 지휘 본부와 뜻을 같이했다. 때문에 사건 수사의 방향은 결국 민서의 뜻과는 다른 방향, 즉 다섯 건의 살해 사건을 모두 개별 사건으로 단정하고서 수사 가닥을 잡는 것으로 결론 내려진 상태였다. 그 사실을 알고 있는 호규였지만 결국 특유의 호기심을 참지 못하고 다시 입을 열고 말았다.

"그런데 팀장님."

"너 운전이나 제대로 하고 질문해. 속도도 좀 더 내고."

"예. 그런데요."

"말해."

"팀장님은 정말 확신하세요?"

"뭘?"

"이 사건이 연쇄살인, 그것도 살인의 메시지를 담고 있다는 거 말이에요."

"너도 봤지? 장국현 살해 현장에 있던 잘린 발."

"예."

"광화문 광장에서 발견된 손, 그리고 이번에 발견된 발. 모두 이 사건의 주범, 혹은 연관 있는 인물이 놓아둔 거야. 그게 뭘 의미하는 줄 알아?"

"……?"

"메시지. 범인은 무언가를 말하고 싶어 하는 거야."

"우리에게요?"

"혹은 꼭 알려줘야 할 사람에게."

"그렇군요."

"알아들었으면 군말 말고 운전이나 똑바로 해."

7

우성 조선 인사관리부 차장 이문식은 신경질적인 표정을 감추지 못했다. 며칠 동안 감지 못한 머리 꼴로 오랫동안 세탁하지 않은 단체복 점퍼를 걸친 이 차장은 적잖이 피로해 보였다. 그런데 강력계 형사까지 느닷없이 찾아와 우성 조선 관련 하청업체 직원 명단을 보여달라고 하니 누적된 피로감이 결국 극에 달하고 만 것이다. 이 차장의 눈치를 살피던 호규가 부드러운 말투로 물었다.

"회사 일이 바쁘신가 봐요. 집에도 못 들어가고 야근하신 모양이네."

"야근은 무슨. 현장 자체를 빠져나갈 수가 없어 이러는 거예요."

자신의 처지를 알아주는 듯 부드럽게 다가오는 말투에 이 차장은 서류를 뒤지며 푸념 섞인 말을 털어놓았다. 이번엔 민서가 이 차장의 말을 받았다.

"들어올 때 보니까 조선소 현장에서 농성 중인 것 같던데, 그

것 때문에 그런 겁니까?"

"비상사태 대비하라고 우리 같은 사무직 직원들을 프락치로 부려먹는 거죠."

"프락치요?"

"현장 동태 살피다가 무슨 낌새라도 보이면 바로 경찰에 신고하라는 겁니다."

더 하려다 이 차장이 말을 아꼈다. 이 차장의 푸념은 거기서 멈췄다. 현장 사무실엔 이 차장만 있는 것이 아니었다. 이 차장 말대로 임원은 아니지만 그렇다고 현장 근로자 위주로 구성된 노조원도 아닌 애매한 위치의 사무직 직원들이 근무 중이었다. 그들 모두 이 차장 못지않게 지쳐 있었다.

"협력 업체 명단입니다."

"협력 업체 직원 이름까지는 알 수 없나요?"

"글쎄요. 그것까지 저희가 관리하진 않는데요."

호규가 더 물으려는 것을 민서가 가로막았다.

"됐어요. 이것만으로도 충분합니다."

협력 업체 명단을 보는 순간 민서는 그것만으로도 이미 사건의 연결 고리를 견고히 할 수 있는 바탕을 포착했다. 한일 용역, 강남 택배 그리고 CS 방호까지. 협력 업체를 통해 피해자들의 파견 현장을 캐물어도 되겠지만 이미 이 정도 정황만으로도 밑그림은 충분히 그려졌다. 민서는 CS 방호를 손으로 가리키며 이 차장에게 물었다.

"CS 방호도 협력 업체군요?"

"그건 그렇지만 그 업체는 저희와 계약된 업체가 아니에요."

"그럼?"

"CS 측이겠죠."

"CS 방호가 근무하는 곳이 우성 조선 현장인가요?"

"그렇죠."

"CS 그룹이 우성 조선에 상주할 만한 특별한 이유라도 있나요?"

"직접적인 이유는 아니지만."

그 말과 함께 이 차장은 민서가 앉아 있는 휴게용 유리 테이블 바닥에 깔려 있는 사진 한 장을 눈짓으로 가리켰다. 해능시 일대 지도였다. 우성 조선을 중심으로 좌우에 빨간 바탕의 원이 그려져 있었다. 원을 바라보는 민서에게 이 차장이 말을 이었다.

"처음부터 CS로 내정되어 있었나 봐요."

"민관 합동으로 시행하는 신재생에너지 개발 사업 건 말입니까?"

민서도 그 사업에 대해서 들어본 적이 있었다. 비단 민서의 직업과 관련된 정보는 아니었다. 일반 국민이라도 새롭게 도입되는 국책 사업에 대한 관심은 지대했다.

민간사업자의 국가 기반 사업 진출은 전혀 새로운 일이 아닐 것이다. 하지만 정부 행정기관의 핵심 관료가 직접 사업 운영권을 갖고 민간사업체를 운영 관리하는 형태로 도입되는 지배 구조의 도입은 분명 생소한 측면이 있었다. 그것도 도로 공사나 공항 시설이 아닌 신재생에너지라는 아직은 결정된 바 없는 에너지 개발 사업. 이러한 형태의 컨소시엄에 대해선 여전히 의아해하는 사람들이 많았던 것이다.

민서가 아는 정보도 거기까지가 전부였다. CS 그룹이 참여하되 경영권은 마치 다른 공사公社처럼 정부에서 임명한 관료가 주도하도록 하는 형태이며, 이 사업 구조를 놓고 지금도 정계와 재계에선 찬반양론이 분분하다는 것 정도. 이 정도가 민서가 알고 있는 전부였다.

"그렇죠. 그런데 지도를 보면 아시겠지만 CS 그룹이 참여하기로 한 에너지 발전소 매입 부지의 중심에 공교롭게도 우성조선이 자리 잡고 있어요."

"문제가 있나요?"

"문제라고 생각하면 문제 아닌 게 없죠. 이건 본의 아니게 우리 우성이 '알박기' 형태로 자리 잡게 된 꼴이니깐. 여하튼 그 때문에 장소 이용이나 부지 매입 건 등으로 CS 사람들이 들어오는 일이 있었는데, 강성 노조는 CS 측 사람들의 출입에 매우 민감하게 반응했죠. 그래서 자기네 직원 안전을 확보한다고 방호실 직원들이 상주해 근무했어요."

"지금은 아닌가요?"

"예."

"어째서죠? 농성의 기세로 봐선 지금이 더할 것 같은데."

"그날 이후로 달라졌어요."

"무슨 날 말인가요?"

"그건……."

이 차장이 불편한 기색을 내보였다. 경찰 조사라고는 하지만 수색영장이나 협조 공문 하나 없이 접근한 상태였기에 민서 역시 더 캐묻는 건 무리라고 생각했다. 간단한 목례를 마친 민서가 자리에서 일어났다. 사무실을 나온 민서가 호규에게 물었다.

"복사했어?"

"협력 업체 명단하고 직원 출입 명단 말씀하시는 거죠? 스캐닝 했어요."

"그게 무슨 말이야?"

민서의 물음에 호규가 자신의 스마트폰을 보여주며 말했다.

"이 안에 담았다고요."

"그렇군."

"이제 어디로 가실 거죠?"

"농성하는 쪽으로 가봐야지."

"현장에 직접요? 힘들지 않을까요?"

"현장 말고 농성원들이 자주 모이는 함바 같은 곳이 있을 거야. 그곳으로 가자."

8

"한성춘?"

"한 씨 말하는 거 아니야?"

"그 철새 같은 새끼, 요즘 통 안 보이던데."

"근데 이 작자는 왜 찾는 거요?"

함바에 모인 농성원들에게 호규가 신분을 먼저 밝히려다가 민서에게 제지당했다. 민서는 자신들을 채권 추심 업체에서 나온 직원이라고 소개했다. 경찰 신분을 속이고 접근하자 농성원들의 반응이 한결 부드러워졌다. 민서는 조심스럽게 한성춘의 소재, 활동 상황에 대해 물었다.

"한성춘 씨를 잘 알고 계십니까?"

농성원 중 가장 나이 들어 보이는 김 씨라는 노동자가 바로 답했다.

"알다마다. 한 씨 그놈, 김필연이 꼬붕이었잖아."

그러자 옆에 있던 노동자가 반발하듯 말했다.

"나중엔 돌아섰잖아."

"돌아서긴. 그래봐야 김필연이 뒤에서 떡고물이나 바라던 인간인데."

"듣기론 김필연 씨가 노조 위원장이라고 하던데요."

민서가 먼저 사전 정보를 김 씨에게 흘렸다. 우성 조선에 대해 민서가 알고 있는 사전 정보는 노조 위원장 김필연의 실종 소식이었다.

뉴스에서 이 문제를 대대적으로 다루진 않았어도 나름 비중을 부여한 바 있다. 우성 조선의 직장 폐쇄를 주도하는 사측에 맞서 결사 항전의 성향을 나타내던 노조의 수장 김필연이 사측과 은밀한 커넥션을 가졌다는 루머 아닌 루머가 떠돌던 찰나 실종되었다는 정보를 들은 것이다. 하지만 함바에 모인 노동자들은 기사에 소개된 실종이나 노조 위원장이란 말들에 대해 격분하는 반응을 보였다.

"위원장은 무슨, 완전 이완용 같은 새끼였어."

"게다가 남자구실도 이상하게 쏟아붓는 변태 새끼였소."

막걸리 잔에 한가득 담은 소주를 단숨에 비워낸 김 씨가 한마디 갈무리하듯 내뱉었다.

"에이, 씨발. 그 새끼, 그때 아예 뒈져버렸어야 했는데."

"무슨 사건이 있었습니까?"

"하긴 외부 사람들은 모르지. 지역 신문에서도 쉬쉬했는걸."

김 씨는 말을 망설였다. 그들이 말한 사건에 대해 외부인에게 발설하는 걸 원하지 않는 눈치였다. 그들 사이에 불문율 혹은 거대한 장벽이 있다고 느낀 민서는 더 이상 묻지 않기로 했다. 자리에서 일어선 민서의 탐문 수사가 이제는 끝났다고 생각한 호규가 허탈한 기분이 되어 말했다.

"한성춘은 누가, 왜 죽인 거죠?"

"한성춘이 누구 밑에 있던 인물인지는 이제 확실해진 것 같아."

"아까 말한 김필연이란 사람 말인가요, 실종됐다는?"

"그렇지."

"그럼 김필연이란 사람이 이 사건과 연관됐을 수도 있다는 얘기네요?"

"범위가 좁혀 드는 느낌이야."

"그런데, 팀장님."

"말해."

"아까 농성원들한테서 나온 말 기억하세요? 김필연 욕하는 얘기 중에 나온 말."

"뭐라고 했는데?"

"뭐…… 남자구실 이상하게 쏟아붓는다는 얘기 말이에요."

"……."

"그게 무슨 뜻일까요?"

9

"김 의원, 어디 불편한가?"

"아닙니다."

"불편하실 겁니다. 이런 자리인 줄 모르시고 온 것 같은데요."

초면임에도 서희는 결코 호의적인 시선과 표정을 연출하지 못했다. 홍남호 의원과의 대질조차 어색한 상황이다. 그런데 처음 보자마자 자신을 CS 그룹 전략 기획회의 임원이라고 소개한 유동구란 사람과의 만남에는 어딘가 모르게 서희를 불편하게 만드는 구석이 있었다.

양 보좌관의 말과는 다른 목적의 만남이었다. 양 보좌관은 서희에게 여당 실세라고 봐도 무방한 홍 의원이 국정 활동 건으로 급하게 만나야 한다는 목적을 밝혔다고 했다. 워낙 급한 사안이라고 하기에 서희는 바로 해능시에서 서울행 채비를 할 수밖에 없었고, 양 보좌관의 전갈을 들은 지 반나절 만에 홍 의원과의 약속 장소에 도착했다.

H 호텔 일식당. 예약해놓은 방 안으로 들어서자, 유동구는 자리에서 일어나 서희를 맞이했다. 그가 깍듯이 인사를 하고 자신의 명함을 건네줄 때, 홍 의원은 이미 정종 한 잔을 입에 대고 있었다. 처음 대면한 이 정황만으로도 서희는 양 보좌관이 거짓을 말했다는 사실을 직감했다. 함께 동행한 양 보좌관은 서희의 눈짓을 받자마자 서둘러 자리를 피해버렸다.

급한 용무는 식사가 시작된 지 한참 후에도 이어지지 않았다. 홍 의원은 유동구를 서희에게 소개하는 데에만 많은 시간을 할애했다. 유동구는 아무 말 없이 자리에 망부석처럼 앉아 있는 서희의 눈치를 보며 홍 의원과 경제와 정치에 관련된 일들로 고급스럽게 포장된 대화를 나누었다. 그러면 그럴수록 서희의 불쾌함은 쌓여만 갔다.

그녀의 불쾌함은 자칫 무례하게 비칠 수 있는 행동으로까지는 발전하지 않았다. 급한 일이 있어 자리에서 일어나겠다든가, 약속과는 다른 만남이라 더 지속하고 싶지 않다든가 하는 말이 목울대까지 치솟았지만 그녀는 참았다. 상대는 홍 의원이다. 아버지의 죽마고우일 뿐 아니라 정치에 대해 조금이라도 관심이 있다면 그가 여당의 실세, 더 나아가 '킹메이커Kingmaker' 중 한 사람으로 꼽는 데 주저함이 없을 만큼 실력자였다. 물론 서희가 쉽게 자리를 박차고 나서지 못하는 명분은 전자였다.

아버지의 빈자리를 메워줄 분이란 일말의 기대가 남아 있었기 때문이다.

하지만 기대가 우습게 짓뭉개지는 경험을 서희는 맛보아야 했다. 정종 한 병을 자작으로 모두 비운 홍 의원이 이 자리에 서희를 부른 목적을 그답지 않게 다소 불친절한 화법으로 기어이 내던졌던 것이다. 유동구는 홍 의원과 서희의 대화를 엿들으며 젓가락으로 고추냉이를 집어 간장에 풀고 또 풀고 하는 일련의 행동을 반복했다.

"양 보좌관이 자네에게 뭐라고 하던가?"

"의원님이 급한 용무가 있어 만나자고 하셨다 했습니다."

"그런데 자리가 이래서 실망했나?"

"꼭 그런 건 아닙니다만……."

말을 흐림과 동시에 서희가 다시 유동구와 눈을 마주쳤다. 유동구는 전혀 어색한 기색을 보이지 않고서 서희를 향해 여전히 정중하게 예의를 갖춘 미소로 응대했다. 백색 시트가 깔린 상 위에서 유동구의 것으로 보이는 휴대전화 액정이 조금씩 흔들렸다. 홍 의원이 말문을 열었다.

"급한 용무일 수도 있어."

"말씀하세요."

"난 말이야, 자네가 김승철 의원의 여식이라 이런 말을 하는 게 아니야. 자네가 초선이나 정치 문외한이라 우습게 보고 하는 이야기가 아니란 말이지. 자네도 알다시피 난 직언을 일삼는 독설가야. 그거 알고 있지? 내가 돌려서 말하지 않는다는 걸."

"알고 있습니다."

"그래. 그럼 돌려 말하지 않고 한마디 하지. 이번에 돌아오는 임시국회에서 가장 큰 물건이 뭔 줄 아는가?"

"그게 뭐죠?"

"신재생에너지 사업에 관한 특별 법안이야."

"그에 대한 제 견해가 듣고 싶은 건가요?"

"아니, 그런 게 아니야."

"그럼?"

"자네에게 미리 언질을 하는 거야. 찬성표가 필요해. 부결되면 곤란하단 말이지. 시기적으로나 자금 면으로나."

홍 의원의 말을 유동구가 거들었다.

"이번 해능시에 신재생에너지 발전소 건립 민간 참여 기업으로 저희 CS 화학이 참여하는 건 알고 계시죠?"

"알고 있습니다. 그런데요?"

"업체까지 선정된 마당에 법안이 계류될 경우 그에 대한 손해는 천문학적이 될 겁니다."

"홍 의원님."

유동구가 더 말을 이어가려 하다 멈추고 말았다. 서희가 시선을 홍 의원 쪽으로 돌려세우고 그에게 말을 건넸기 때문이다.

"말해."

"아버지는 이 문제에 대해 어떤 견해를 갖고 계셨었나요?"

"특별법을 발의한 사람이 바로 김 의원이야. 더 무슨 말이 필요하지?"

"저는 그 후 아버지가 법안 발의에 대해 계속해서 고민하셨던 것으로 알고 있어요."

"그건 우성 조선 문제 때문이지 법안 통과와는 무관해."

"그게 그렇게 무관한 일인지는 좀 더 생각해봐야 할 것 같아요."

"그 말뜻은……?"

"아버지의 뜻이 정말 어디에 있었는지 확인해봐야겠다는 게 제 의견입니다."

"김승철 의원님은 항상 기업 발전으로 인한 지역 일자리 창출을 최우선 과제로 생각해오셨습니다. 그 정도는 기본 전제로 생각하셔야 하는 거 아닌가요?"

유동구가 홍 의원이 해야 할 말을 대신 했다. 그에 대한 서희의 반응은 차가웠다.

"당신과 말하는 게 아니에요. 끼어들지 마세요. 죄송합니다, 의원님. 먼저 자리에서 일어날게요."

서희가 작심하고 자리에서 일어섰다. 난처해하는 홍 의원의 낯빛이 서희의 심경을 아프게 했다. 그건 아버지처럼 따르던 어른의 호의를 거부하는 무례함에 대한 죄책감이라기보다는 홍 의원의 태도를 보면서 자연발화처럼 반응되는 서글픔이었다. 유동구의 반응을 살피면서 난처해하는 홍 의원의 눈빛이 서희의 서글픔을 더했다.

밖으로 서희를 따라 나온 유동구가 그녀를 멈춰 세웠다.

"김서희 의원님."

멈춰 선 서희 앞을 유동구가 가로막고 섰다. 처음 대면했을 때의 정중함과는 사뭇 거리가 느껴지는 태도였다.

"볼일이 더 남았나요?"

"국회의원이 역사를 좌지우지할 수 있는 자리라고 생각하는 건가요?"

"무슨 말씀인지 잘 모르겠네요."

"오늘 홍 의원님이 건넨 말은 권유가 아니라 명령입니다, 명령."

"그런 명령 난 받은 적 없어요. 받아야 할 이유도 없고요."

"까다로운 분이군요. 듣기와는 다른데요."

"무슨 말을 어떻게 들으셨는지 모르지만 전 당신이 지금 국회의원을 상대로 흥정을 벌인다는 생각밖에는 안 드는데요."

"……."

"알아들으셨다면 비켜서세요."

여전히 세련된 표정을 짓고 있었지만, 유동구 역시 서희의 강경한 모습에 당황한 기색만큼은 지우기 어려웠다. 옆으로 물러선 유동구의 어깨를 가볍게 밀친 서희는 그대로 복도 끝을 향해 걸어갔다.

10

핸들을 잡은 손이 떨렸다. 눈에 드러날 정도는 아니었지만 제 몸에서 돌출되는 긴장이 억제할 수 없는 수준임은 분명했다. 핸들을 붙잡은 서희는 입술까지 한두 번 깨물어보았다. 떨림을 잊기 위해서, 벅차게 두근거리는 심장박동을 가라앉히기 위해서.

한 번도 이런 식의 대응을 해본 적이 없었다. 교수 사회가 부정부패로 물들었다 해도 그곳은 최소한 학문을 하는 사람들의 모임이기에 기본적으로 식물성을 품고 있었다. 교수 사회에서만 오랜 시간을 보내느라 다른 사회를 경험해본 적이 없는 서희에게 유동구와의 대립은 그야말로 가슴을 졸이게 했다. 하지만 서희는 끝내 당차게 유동구와 맞섰다. 그러고는 밖으로 나왔다. 아무도 보지 못하는 곳에서 이토록 긴장하는 자신의 모습을 보이는 건 괜찮다고 자위했다.

문득 서희는 자신이 가고 있는 곳을 확인했다. 한남대교를 지나 서초동으로 가고 있다. 해능시로 가려면 경부고속도로를 타거나 아님 그 반대편 순환도로로 빠져나갔어야 했다. 서희는 그제야 자신이 어디로 가고 있는지 직감했다. 그녀 자신도 모르게 이끌리는 행선지, 서초동 오피스텔. 전남편인 상훈이 살던 곳으로 가고 있었다.

지금 이 순간 서희는 상훈이 보고 싶었다. 그를 볼 수 없다면 최소한 그의 흔적이라도 확인해보고 싶었다. 모든 게 정확하지 않다. 희미하지만 그렇다고 결코 외면할 수 없는 실체와 마주한 기분이다. 서희는 상훈이 자신 앞에 훼손된 사체로 실체를 드러낸 걸 여전히 믿고 싶지 않았다. 확인하고 싶었고 묻고 싶었다. 1년 전 왜 자신과 헤어지자고 했는지, 그리고 도대체 헤어진 1년 사이, 아니 그 이전부터 어떤 일을 하고 있었는지, 어떤 일에 연루되었는지.

관계의 소원함은 어쩌면 처음부터 잘못 끼워 맞춘 단추처럼 시작되었는지도 모른다. 특히 육체관계에 있어서 더욱 그랬다. 부모 간의 소개로 서희는 상훈을 만났었다. 상훈에게 자신의 친부는 아니지만 친부보다 더한 애정과 관심을 갖고 있는, 종교계를 넘어서 한국 사회의 큰 스승으로 추앙받는 정영문의 제안은 절대적이었다. 학교에서의 전공도, 진로 선택도 모두 양아버지라 할 수 있는 정영문의 의견을 절대적으로 반영한 결과였다. 결혼 역시 그랬다. 지도 교수와의 염문과 몇 번의 자살기도 풍문으로 인해 평판이 좋지 않던 서희를 한 번도 껄끄럽게 생각하지 않은 것도 정영문의 서희에 대한 신뢰 때문이었다고 후일 상훈은 그녀에게 밝힌 바 있다.

정영문은 그와 사회적 관계 이상의 유대를 갖고 있던 김승철 의원과 이 시대엔 흔하지 않을 법한 자제들 간의 혼담을 주고받았고 상훈과 서희 둘 모두 그 혼담을 애써 거부하지 않았다. 무엇보다 서희는 상훈과의 결혼 당시 박사과정 지도 교수와의 부적절한 만남이 빌미가 되어 마음의 황폐를 겪고 있던 중이었다. 그런 서희에게 상훈이 말없이 다가왔고, 곁에서 위로가 되어주었다. 단지 그뿐이었다. 말없이 곁에 있어주었다는 것. 서희는 그것만으로도 상훈에게 감사했다. 자신에 대해 아무것도 묻지 않는 상훈의 태도에 신뢰를 느꼈다. 그래서일까, 둘은 결혼 이후로도 서로가 하는 일에 대해 묻지 않았다. 사생활 존중도, 서로 간의 무관심도 아니었다. 자연스럽게 형성된 둘만의 방식이었다.

서희도, 상훈도 사랑의 확인을 전제로 하는 결혼 서약을 간과한 책임을 감당해야 했다. 서희는 상훈을 사랑한 적이 없었다. 인간적 신뢰와 남녀의 사랑이 별개라는 명제가 진실이라면, 그렇다면 서희는 단 한 번도 상훈을 사랑하지 않았다고 말해야 솔직한 답이 될 것이다. 둘은 결혼 이후로도 남녀 간의 사랑에서 필연적으로 수반되는 체험인 섹스를 하지 않았다. 사랑의 확인도, 최소한의 본능에 대한 충실함도 거세된 채 둘은 살아갔다.

그렇게 3년이 지났고 결혼 3년 만에 상훈이 먼저 이혼 이야기를 꺼냈다. 차갑고 냉정했다. 하지만 서희는 상훈의 일방적인 이혼 요구에 이유조차 따져 묻지 않았다. 이유는 너무나 단순했다. 서로를 사랑하지 않으며, 섹스를 하지 않았기 때문이다. 서희는 그 이유를 극복할 만한 더 강한 명분을 찾지 못했다.

서희의 의문은 그 대목에서부터 시작했다. 명분의 부재, 바로 그것이다. 서희가 상훈과의 이혼을 아버지 김승철과 시아버지 정영문에게 통보했을 때 그녀는 마땅히 반대할 것이라 예상했다. 처음부터 이 혼담은 두 아버지 간의 합의에 의한 것이니 그에 대한 파기는 있을 수 없는 것으로 생각했다. 서희는 그 부분에서 한 가지 기대하는 것이 있었다. 명분을 찾고 싶었다. 정영문도, 자신의 아버지 김승철도 이혼을 반대했다면 상황은 달라졌을 것이다. 그 분명한 명분 때문에라도 결혼 생활을 유지했을 것이다. 하지만 두 사람은 이혼을 만류하지 않았다. 두 사람 모두 체념의 정서가 깊이 밴 음성과 태도로 '둘 사이의 일이니 현명하게 처리할 것으로 믿는다'라는 상투적인 말만 남긴 채 상훈과 서희의 헤어짐을 별다른 아쉬움 없이 수용했던 것이다.

그래서일까. 서희는 마치 상훈이 무언가를 준비하기 위해 자신과 결별했으며, 그토록 끔찍하게 생각하던 양부 정영문과의 관계도 정리하려 했을지도 모른다는 생각이 들었다. 자신에 대한 결별의 의지는 차치하고서라도 상훈은 어느 순간부터 양부에 대해 부정도, 긍정도 아닌 태도를 보이기 시작했다. 적어도 서희의 눈에 비친 상훈의 모습은 그랬다. 그땐 그 태도가 별스럽게 보이진 않았다. 적어도 눈에 드러날 정도로 험악한 대치 상황을 연출하지 않았기 때문이다. 그러나 지금 이런 식으로 상훈이 실종되어버린, 믿기 힘들지만 어쩌면 연쇄살인의 토막 난 피해자가 되어 나타난 것일지도 모르는 상황에서 되돌아본 상훈과 양부 정영문과의 관계는 단순한 서먹함 이상의 균열이 있었음을 서희로 하여금 실감하게 해주었다.

11

서초동 H 오피스텔. 우편함에 쌓여 있는 몇 달치의 고지서에 적힌 이름을 확인한 서희는 혹시나 하는 마음으로 상훈의 오피스텔 앞에 멈춰 서서 벨을 눌렀다. 우편함엔 상훈의 이름으로 수신된 우편물들이 한가득 쌓여 있었다. 서희는 그래도 혹시나 하는 마음에 다시 한번 벨을 눌렀다. 어쩌면 이사하지 않은 오피스텔 안에 상훈이 있을지도 모른다는 기대에서였다.

열 번 넘게 벨을 눌렀지만 아무 반응이 없었다. 난처해진 서희는 그냥 돌아갈 생각도 했다. 하지만 도어록을 본 순간 뭔가가 떠올랐다. 혹시라도 자신과 함께할 때 사용하던 비밀번호를 그대로 사용하고 있진 않는지 서희는 기대했다.

조심스럽게 버튼을 눌렀다. 같은 비밀번호를 사용할 가능성은 그야말로 제로에 가까울지도 몰랐다. 하지만 서희는 들어가고 싶었다. 이대로 물러서고 싶지 않았다.

놀랍게도 번호를 모두 누르고 별표 버튼을 누른 순간 도어록이 해제되었다. 문고리를 붙잡고 오른편으로 돌리자 이내 문이 열렸다. 서희는 매우 조심스럽게 오피스텔 안으로 걸음을 내디뎠다.

12

같은 시각. H 오피스텔 지하 6층 주차장으로 차량 한 대가 들어왔다. 고급 스포츠카에서는 경쾌한 이지 리스닝 뮤직이 오디오를 통해 흘러나왔다. 음악은 시동이 꺼진 후에도 한동안 계속되었다.

음악이 멈추고 차 밖으로 한 남자가 걸어 나왔다. 명품 슈트 차림의 남자는 어둑한 느낌의 주차장을 한 번 살핀 후 엘리베이터를 향해 걸어갔다.

엘리베이터 앞에 멈춰 선 남자가 문이 열리기 기다리던 순간이었다. 등 뒤로 차가운 무엇인가가 다가왔다. 섬뜩한 느낌을 피할 수 없던 남자가 고개를 돌리자 차가운 감촉만큼이나 차가운 목소리가 들려왔다. 남자는 동작을 멈추었다.

"꼼짝하지 마."

엘리베이터가 지하 6층에 도착했다. 문이 열리자 다시 한번 차가운 감촉이 남자의 등을 험악하게 자극했다.

"들어가."

남자는 제대로 된 저항 한 번 하지 못하고 자신을 협박하는 정체불명의 괴한과 함께 엘리베이터에 탈 수밖에 없었다. 문이 닫히자 괴한이 다시 남자에게 지시했다.

"25층 눌러."

25층은 최상층이다. 잠자코 버튼을 누른 남자가 가까스로 시선을 우측으로 돌렸다. 거울에 비친 괴한의 모습이 드러났다. 놀랍게도 괴한은 아무런 변장도 하지 않았다. 평범한 차림새의 평범한 외모를 가진 삼십대로 보였다. 남자가 말했다.

"원하는 게 뭐요?"

"……."

남자는 괴한을 자극하지 않는 선에서 최대한 조심스럽게, 하지만 충분히 구미가 당길 정도의 제안을 말했다.

“돈이라면 기대 이상으로 챙겨줄 수 있소. 신고 같은 건 하지 않을 테니 걱정 말고.”

“최익현이지?”

“뭐?”

“최익현. 법무법인 화우 소속. CS 그룹 산하 로펌의 오더를 받고 일하지.”

“당신 누구야?”

“당신이 왜 죽어야 하는지 정도는 알고 있겠지.”

“무슨 개소리…….”

“한날한시 한 공간에서 열 명이 죽었어. 그런데 사건은 우연일 뿐이고 자기 과실, 업무 태만, 더구나 용역이라며 위로금 외에 어떤 책임도 없다는 판결을 이끌어냈어. 대단한 능력이야.”

“너 뭐야? 어디서 보냈어.”

“나?”

“CS야? 아님 우성 끄나풀이야?”

“아무것도 아니야.”

“……?”

“난…… 내 스스로 왔어.”

최익현으로 이름이 밝혀진 남자는 대놓고 괴한을 쳐다보았다. 열 명 동시 사망. 사건의 정황만 듣고도 최익현은 괴한이 어디서 왔는지 짐작하기에 별다른 어려움이 없었다. 엘리베이터는 어느새 15층을 넘어섰다.

최익현은 괴한의 말 그대로 변호사다. 대규모 로펌에 소속된 능력 있는 변호사. 그는 자신의 직업을 이용해 다시 한번 괴한을 설득하려 했다.

"유감입니다. 지금이라도 유족 이름을 말씀해주시면 보다 정확한 추가 보상을 약속하겠어요."

"뭐가 유감이라는 거지?"

"산재 보상금 때문에 그러는 거 아닙니까? 이봐요, 나 역시 월급 받는 월급쟁이예요. 시키는 대로 한 것뿐이에요."

"그게 제일 최악이야. 시키는 대로 했다. 명령에 복종하면 모든 게 면죄되는 거야?"

괴한의 말엔 감정이 실려 있었다. 목소리가 나지막하게 떨리는 순간 최익현은 생명의 위협을 느꼈다. 마지막으로 그는 괴한을 협박할 수밖에 없었다. 궁지에 몰리는 순간 나타나는 인간의 전형적인 본능이다.

"이봐, CCTV는 폼으로 달린 게 아냐. 이미 이 상황을 발견했다면 넌 끝장이야. 이 오피스텔 보안 하나는 끝내주거든."

"저녁 11시 55분에서 12시까지 5분간 오피스텔 CCTV 전체가 동작이 멈춰. 그 5분 동안은 아무것도 찍히지 않아. 왜 그런 줄 알아?"

"빌어먹을."

괴한의 말을 들은 최익현이 본능적으로 시계를 내려다봤다. 시침과 분침이 정확히 11시 59분을 가리켰다.

최익현은 괴한의 설명을 듣지 못했다. 그는 CCTV가 불통이란 걸 듣자마자 괴한으로부터 벗어나려고 몸을 돌렸다. 바로 그 순간 괴한의 손에 쥐어진 날카로운 그 무언가가 최익현의 관자놀이 중심으로 정확하게 파고들었다. 능숙한 솜씨로 두세 번 찌르자 최익현의 관자놀이로부터 검붉은 피가 쏟아졌고 그는 그 즉시로 쓰러졌다. 그와 때맞춰 25층의 문이 열렸고, 괴한은 최익현을 버려둔 채 엘리베이터 밖으로 걸어 나왔다.

13

상훈의 오피스텔 안은 텅 비어 있었다. 하지만 서희는 이곳에서 상훈의 흔적을 느낄 수 있었다. 상훈이 자주 사용하던 물건이나 체취가 남아 있어서가 아니었다. 상훈의 오랜 습벽과도 같은 정갈한 정리가 그 증거였다. 현관 입구에서부터 열에 맞춰 놓여 있는 오래된 구두, 모서리까지 정확하게 정리되어 주름을 찾을 수 없는 침대 시트, 창문턱에 맞춰 내려앉은 블라인드. 평소 빈틈을 보이지 않으려는 상훈의 습관들이 고스란히 남아 있는 오피스텔 내부의 풍경은 그래서일까, 더욱 서희의 마음을 안타깝게 했다.

오래된 과거의 한 장면에 앉은 것처럼 거실 의자에 앉은 서희는 한동안 그 상태 그대로 있었다. 바로 맞은편에 넓은 책상과 노트북 한 개가 놓여 있었다. 그 역시 흐트러짐이 없는 정돈됨이 돋보였다.

상훈이 꽤 오랜 시간 부재중이었다는 느낌이 든 건 자리에서 일어선 서희가 책상 모서리 부근에 놓여 있는 한 권의 책을 집어 들었을 때였다. 양장본 책 위에 눈에 띌 정도의 먼지가 앉아 있었다. 이 정도의 시간 동안 상훈은 아무것도 남기지 않았던가. 회사 연구실에서 밤샘 작업을 예사로 하던 상훈의 평소 모습을 생각하면 짐작하지 못할 것도 아니었다. 그와 함께 그녀는 정영문이 건네준 상훈의 마지막 흔적을 생각했다. 연구소에서 팩스로 보내왔다는 한 장의 종이. 유서의 의미가 담긴 문서에 적힌 마지막 문장이 여전히 서희의 머릿속에서 지워지지 않고 남아 있었다. 당신에게 미안해. 당신에게 미안해. 도대체 뭐가 미안하단 말인가.

집었던 책을 내려놓을 때였다. 책의 제목이 눈에 띄었다. 서희는 책상 위에 놓인 책과 서가에 꽂혀 있는 책들을 번갈아 살폈다. 서가에 꽂힌 책은 화학 관련 전공 서적 일색이었다. 원서 위주의 책들이 전부였다. 상훈은 그랬다. 평소 신문 외에는 인터넷을 통해서도 세상 돌아가는 일을 확인하지 않던, 어쩌면 고지식한 인물이기도 했다. 시사나 정치에는 일반 사람들이 대통령이나 유력 정치인 몇, 어쩌다 자기 지역구 국회의원 이름 석 자 알고 있을 정도의 관심만 쏟을 뿐이었다. 그런 그의 책상 위에 놓인 한 권의 책이 서희의 눈길을 묘하게 잡아끌었다. 책의 제목만으로도 그랬다.

"그림자 정부?"

혼잣말처럼 책의 제목을 중얼거린 서희가 가볍게 책장을 넘겼다. 미국의 저널리스트가 쓴 음모론에 관련된 책이었다. 사회과학 전문 서적이라 하기엔 지나치게 자극적이고 검증되지 못한 구석이 다분한, 시류에 영합하는 르포르타주 정도로 보였다.

'이런 책을 상훈이 과연 읽었을까?' 하는 의문이 들었다. 평소 그녀가 보아왔던 상훈의 모습으로 견주어 봤을 때 이례적이란 생각이 들기에 충분했다. 물론 그녀 역시 상훈에 대해 제대로 아는 바 없었지만.

상훈의 이례적인 면모에 대한 호기심이 서희로 하여금 그녀답지 않은 행동을 자행하게 했다. 어쩌면 그녀답지 않음은 이미 이곳에 들어온 것에서부터 시작되었는지도 모른다. 이혼한 전남편의, 그것도 혼자 사는지 동거인이 있는지조차 확실하지 않은 주거지에 무단으로 침입한 것도 모자라 서희는 급기야 상훈의 것으로 보이는 노트북을 펼쳐 전원 버튼을 누르기에 이르렀다. 서희는 확인해보고 싶었다. 상훈이 도대체 무슨 이유로 회사에 무급 휴직을 신청했는지, 그리고 만약 강력계 형사가 말한 추정뿐인 가설이 심증에 기인한 것이 아닌 현실이라면, 만에 하나 그렇다면 상훈을 그렇게 만든 건 누구의 소행인지 알고 싶었다. 진정으로 서희가 궁금한 건 상훈이 무슨 생각을 해왔는지, 어떤 고민이 있었는지에 대한 호기심이었다. 그와 함께한 3년 동안 상훈에 대해 정말 아무것도 알지 못했다는 생각이 들었기 때문이다.

철저한 상훈의 성격과는 다르게 노트북엔 별다른 패스워드를 세팅해놓지 않았다. 전원을 켜자 곧바로 바탕 화면으로 연결되었다. 서희는 다소 긴장된 손짓으로 마우스를 클릭해 프로그램과 문서들을 확인했다.

프로그램이라고 해봐야 노트북 초기 구입 시 기본적으로 갖춰진 사양 외에 다른 건 없었다. 문서 작업이 가능한 프로그램 정도였다.

문서 역시 마찬가지였다. 기본적인 회사 내규와 서식이 적힌 서류 파일이 대부분이었다. 메모판이나 휴지통도 검색해보았지만 결과는 동일했다.

서희는 별다른 것이 없음을 확인한 것에 오히려 안도했다. 내부 서류에 엄청난 회사 기밀이나 특별한 고민이 있을 경우 그것에 대한 감당이 두려웠던 그녀였기에 차라리 상훈의 실종이 단순한 사고이기를 바라는 마음이 더욱 컸다.

노트북 전원을 끄기 전 서희는 마지막으로 바탕 화면의 인터넷 익스플로러를 더블클릭했다. 그러자 바로 포털 사이트 화면이 나타났다. 대한민국 국민이라면 두 명 중 한 명은 아이디와 비밀번호를 갖고 있을 법한 대형 포털 사이트의 메인 화면이었다. 잠시 망설인 서희가 '즐겨찾기'를 클릭했다. 한 개의 URL이 즐겨찾기에 포함되어 있었다. 개인 블로그 주소였다. 블로그 주소를 클릭하자 그녀의 예상대로 개인 블로그 화면으로 전환되었다. 블로그 메인타이틀이 서희의 눈길을 끌었다.

'사라진 미래.'

제법 많은 글들이 업데이트되어 있었다. 하지만 목록상의 글을 클릭해보면 모두 다음과 같은 안내문이 이어졌다.

'운영자의 요청으로 삭제된 글입니다.'

목록에 나타난 글 제목들 역시 알 수 없는 숫자와 기호의 나열이었다. '1230293AKD' '48583&hjdpg' 하는 식이었다. 흡사 프로그래밍언어를 떠올리게도 했고, 화학 연구원이던 상훈이 즐겨 사용하던 자신만의 공식이 담긴 기록으로 읽히기도 했다. 그러나 그 역시 정확한 것은 아니었다. 무엇보다 블로그 운영자가 누구인지 알 수 없었기 때문이다. 방명록에도, 블로거 소개란에도 상훈에 대한 정보를 얻을 수 있는 그 어느 것도 남아 있지 않았다.

어쩌면 유일하게 남은 상훈의 흔적으로 볼 수 있는 즐겨찾기 목록의 블로그 주소를 자신의 아이폰 메모장에 입력한 서희는 이번엔 정말로 노트북을 덮어야겠다고 생각했다. 화면 닫기에 커서를 맞추고 클릭하려던 순간이었다. 한 개의 글이 새롭게 업데이트되는 장면이 서희의 눈에 들어왔다. 한 개의 새로운 글. 서희는 제목을 확인했다. 운영자에 의해 모두 내용이 삭제된 글들의 제목과는 다른 종류의 제목이었다. 숫자나 영문 기호의 무작위적인 나열이 아닌 한글 문장의 제목. 서희는 약간 떨리는 마음으로 글의 내용을 확인하기 위해 화면 닫기가 아닌 글 제목 위에서 커서를 멈췄다. 그러고는 클릭했다. 운영자로 추정되는 그 누군가가 새롭게 올려놓은 글의 제목은 다음과 같았다.

'유다의 숙명.'

14

무너질 것을 알면서도

신을 팔아넘긴 악역을 자임했던 그의 마음처럼,

11시 59분.

신은 또 하나의 악행을 나에게 지시했다.

나는 순순히 그 임무를 수행했고

신은 나로 인해 또 한 번의 희생양이 되었다.

신에게 미안하다.

짧은 글귀. '유다의 숙명'이란 제목으로 블로거가 올려놓은 글의 전부였다. 처음부터 이 글은 수억 명의 네티즌이 오가는 블로그의 홍수 속에서 단 한 명과의 소통도 거부하려는 의지로 충만한 사적 고백으로 읽혔다. 그녀만이 아니라 그 누구라도 그랬을 것이라고 서희는 생각했다.

그러나 서희만큼은 이 익명의 블로거가 올린 글을 단지 사적 고백으로만 읽기 힘들었다. 혼란스러운 기분이 된 서희가 자신의 백을 열고 그 안에 내내 보관해두고 있었던 한 장의 종이를 꺼내 들었다. 그러고는 펼쳤다. A4 크기의 팩스 용지. 상훈의 자필 서명이 되어 있는 종이 안에 적혀 있는, 그 역시 단문으로 된 기록을 서희는 새삼 확인하듯 바라보았다.

무너질 것을 알면서도

신들의 잔인한 밀월을 지켜보던 그의 마음처럼

11, 59

신들은 내게 또 하나의 악행을 지시했다.

나는 그 지시를 거부했고

스스로 악이 되었다.

당신에게 미안해.

상훈이 남겼다는, 어쩌면 의도적으로 자필 서명을 남겨 자신이 쓴 글임을 확인받으려고 한 의지가 다분한, 그 글을 서희는 여전히 이해하지 못했다. 이해하고 싶지도 않았다. 그러나 중요한 건 새롭게 올라온 유다의 숙명이라는 종교적 고해의 글과 상훈이 남긴 글이 기묘한 리듬의 유사성을 갖고 있다는 사실이었다. 서희는 이 유사성만큼은 부인하지 못했다. 하지만 이 유사성이 무엇을 의도하는지, 지금 자신에게 무엇을 말하려 하는지는 알 수 없었다.

15

오피스텔 문을 열고 밖으로 나가려는 순간 서희가 동작을 멈췄다. 서희가 손잡이를 붙잡고 있는 상태에서 동시에 문밖의 누군가가 비밀번호 버튼을 누르기 시작했다. 놀란 서희가 한 걸음 물러섰다. 전자음이 끝나자 피할 겨를도 없이 문이 열렸다. 문이 열리자 복도의 전등 불빛이 상훈의 오피스텔 현관 입구를 환하게 비추었다.

서희가 문을 연 이를 확인했다. 혹시 상훈일까. 죽지 않았던 것일까. 그 기대가 가장 컸다. 하지만 상훈은 아니었다. 그렇다고 상훈과 전혀 관계없는 사람도 아니었다. 서희를 모르는 이도 아니었다. 둘은 눈을 동그랗게 뜨며 서로를 바라보았다. 먼저 입을 연 건 오피스텔 밖에서 문을 연 이였다.

"언니."

"아가씨."

서희도 엉겁결에 대꾸했다. 1년 만에 처음 보는 순간이었다. 서희의 기억 속에 역시 언제까지라도 아가씨로 남아 있을 그녀. 정상훈의 여동생으로 알려진, 정영문 위원장의 또 다른 한 명의 양자 정유정. 그녀가 놀란 표정을 감추지 못한 채 서둘러 말을 이었다.

"언니가 여긴 어떻게?"

"상훈 씨가."

"오빠 소식을 들은 거예요?"

기대에 찬 표정으로 돌변한 유정을 보자 서희의 낯빛은 더욱 어두워지고 말았다. 이제 상훈의 실종은 돌이킬 수 없는 진실이란 말인가.

"말해줘요. 무슨 소식을 들었으니까 이렇게 오빠 집에 들어온 거잖아요. 그렇죠?"

"아가씨."

"나 지금 언니 행동을 탓하자고 말하는 거 아니니깐……. 그러니까 말해줘요."

답을 채근하는 유정에게 가라앉은 목소리로 서희가 말했다.

"오빠가."

"오빠가……?"

"죽은 것 같아요."

"무슨 근거로요?"

"……."

"무슨…… 근거로……."

놀라운 건 유정 역시 어느 정도 상훈의 변變을 예감하고 있었다는 표정이라는 점이다. 지난 1년 동안 무언가 불길한 사건이 상훈의 주위에 독버섯처럼 피어났다는 불길한 확신이 유정의 비통한 얼굴을 보자 더욱 확실해졌다.

종교, 기업의 발이 되다.

A. 인류는 이윤이란 단어에 매력과 천박함을 동시에 느끼지. 하지만 이윤은 그 자체로는 무無야. 소멸의 없음이 아닌 무의미로서의 없음인데, 인류의 공생, 지속가능한 번영을 지향하면 무의미는 의미가 되고, 그 반대 경우라면 무의미의 무의미가 되겠지. 기업이 사투를 벌이는 방향은 무의미의 의미화야.

무의미는 의미 없음이고, 의미가 없다는 건 의미를 모른다는 거야. 의미는 흡사 살아 있지만 눈에는 보이지 않는 정신처럼 존재하지. 그런데 존재하는 것을 없다고 주장하고 그렇게 믿는 존재들이 섬기는 신은 재앙이네. 여기서부터 종교의 역할이 필요하네.

Q. 일전에 워크숍에서 종교가 기업의 발이 되어야 한다고 하신 적이 있습니다. 그건 어떤 의미입니까?

A. 기업의 태동 원리가 무엇인가. 이윤, 곧 돈이야. 돈이 움직이는 곳에 기업이 움직이지. 그런데 돈이 의미 없음에 머무르면 돈은 무의미의 무의미를 반복하는, 이른바 짐승의 먹이사슬과 아무런 차별성이 없어. 종교적 윤리가 돈을 향한 기업의 태동 원리의 근간이 되어야 하는 이유가 바로 여기에 있지. 무의미로 받아들였던 것들을 새로운 의미로 일깨우는 것이야.

Q. 기업이라고 말한다면 그 구성원의 범위는 어디까지입니까?

A. 상장회사, 그룹, 계열사만 기업으로 부르는 게 아니야. 돈의 근간

을 추구하는 모든 구성원이 기업이지. 기업은 조직체이면서 동시에 조직체가 아니야. 개별화된 모든 인간은 기업이지. 이건 현대사회의 산물이 아니라 인류가 설정해놓은 자발적 매트릭스네.

민족과 국가는 표면적으로는 돈에 의해 움직이지 않는 것처럼 보이네. 하지만 심층적 의미에서 보면 돈은 단순한 통화가치를 넘어 지배의 표상으로 기능하지. 그런 맥락에서 민족과 국가 개념은 다른 민족과 국가와의 유대와 번영의 근간으로 상호 간 지배 관계의 선후를 끊임없이 다투고 있지. 그것은 돈을 향한 원리에 의해 움직이는 기업과 다를 바가 없네.

Q. 그렇다면 새로운 의미의 일깨움은 기업으로 명명된 인류 각자가 깨쳐야 할 각성의 의무입니까? 아님 다른 방향이 있습니까?

A. 현실과 괴리된 궤변론자들은 이렇게 말하지. 모두가 신을 향할 수 있다고 말이야. 하지만 그건 지향성일 뿐이야. 지향성이 현상을 대변해주진 않아. 오히려 현상에서 진리를 찾아야 하지. 그것이 바로 종교의 참역할이야.

Q. 현상은 무엇입니까?

A. 지향성의 반대야. 여기서 우린 인류라는 범주에 관한 새로운 고찰이 필요해. 보통 인류라면 사람 존재 일반을 가리킨다고 보는데, 사람 자체는 인류가 아니야. 내가 보는 인류는 최소한 신을 향한 욕망에 눈을 뜰 수 있는 네트워크를 감당할 수 있는 존재지. 그렇지 못한 사람은 인류가 아니라 짐승이야. 혹은 자연의 일부지. 사

람이 짐승이 아니라고 말할 수 있는 근거는 없어. 이때 내가 말한 짐승이나 자연은 결코 비하의 표현이 아니야. 오히려 그 반대로 볼 수 있지.

24000059 9~12P

1

국정감사 중 국회 대정부 질문이 시작된 국무회의장. 법안 처리에 앞서 벌이는 전초전과 같은 역할을 하는 질문의 시간이었다. 공세를 퍼붓던 야당이 환경부 장관을 상대로 집요하게 추궁했다. 환경부 장관뿐만이 아니었다. 노동부 차관까지 나서서 해명해야 했는데, 정부 관계자는 전형적인 질의를 받는 당사자의 전형적인 소극성으로 무장하진 않았다. 저자세에 가까운 태도로 상황을 모호하게 만드는 태도도 보이지 않았다.

여야 모두 집요하게 달라붙는 하나의 주제는 CS 그룹에 관한 문제였다. CS 그룹은 사실상 접근하기 어려운 대한민국의 성역이 되었다. 성역이 되었다는 건 그만큼 공공의 적 역할을 감당할 수도 있다는 것으로 국회의원들은 받아들였다.

야당의 추궁 논리는 간단했다. 왜 CS 그룹이냐는 것이었다.

CS 그룹이 해능시에 입주 예정된 대규모 신재생에너지 개발 단지의 민자 협력 업체로 선정된 부분에 대한 불만과 음모론이 야당이 퍼붓는 공세의 대부분이었다. 정작 신재생에너지 개발 단지의 추진 자체에 대해서는 여야 모두 이견이 없는 듯했다.

그런 맥락에서 정부 관계자의 입장은 비교적 당당했다. 법적으로도, 사업성으로도 CS 그룹이 신재생에너지 개발 협력 업체로 선정되는 데 문제가 없다는 명확한 소명자료가 존재했다. CS 그룹은 인력, 기술력, 자금 조달 면에서 선정상 결격사유를 찾기 어려웠다. 또한 재계 1순위 매출 규모를 갖고 있는 그룹의 직간접적 지원을 받는 CS 그룹 산하 CS 화학이 근 10여 년간 보여준 기술적 진보는 국위 선양의 측면에서도 손색이 없다는 평가를 받고 있었다.

야당 의원들도 되풀이되는 엇비슷한 주제의 질의에 스스로 지루해하고 있었다. CS 그룹이 관官이 주도하는 컨소시엄에 참가해주는 것으로도 오히려 득이 되는 것 아니냐는 노동부 차관의 반문에 이르러서는 심지어 질의하던 야당 의원이 동의하는 모습을 보이며 공세의 고삐를 늦추지 않으려 하던 동료 의원들의 빈축을 사는 일까지 생겨났다.

신재생에너지 법안의 최초 발의자였던 김승철 의원의 딸로서, 같은 지역구를 이어받은 보궐선거 당선자인 서희는 야당 의원들의 질의와 정부 관료의 답변을 들으면서 회의장 안으로 들고 온 서류를 검토하느라 바빴다. 서희가 준비한 서류는 국회의원 집무를 시작한 후 지속적으로 수집한 데이터베이스들을 추스르고 선별한 것이었는데, 200여 페이지에 육박했다. 이 서류들의 준비는 양 보좌관에게 지시한 사항이 아니었다. 양 보좌관이 서희를 도운 건 국정과 지역구 현안에 관계된 서류의 수집이나 지원이 아닌 고故 김승철 의원의 인맥을 관리하기 위한 식사 약속 스케줄을 잡는 일뿐이었다.

야당 의원들의 질의 시간이 끝나고 10분간의 휴식 시간이 주어졌다. 양 보좌관이 서희의 자리에 새로운 음료수를 갖다 놓았지만 서희는 서류를 보느라 정신이 없었다. 여당 의원들은 그런 서희의 모습을 의아하게 혹은 방관하는 듯한 눈빛으로 흘기듯 바라보며 그들만의 환담을 나누었다.

10분의 시간은 휘발되듯 빠르게 지나가버렸다. 물론 그건 서희만의 생각일 것이다. 음료수를 갖다 놓을 때, '무슨 서류냐'고 조심스럽게 묻던 양 보좌관의 말이 새삼 떠올랐다. 그 말 속엔 우려가 가득 담겨 있었다. 양 보좌관의 음성은 열흘 전 CS 그룹 임원으로 자신을 소개한 유동구가 했던 말로 발전되었다. '국회의원이 역사를 바꾼다는 생각은 국회 밖에 있는 문외한들의 낭만적 구호에 불과하다'는 뉘앙스가 담겨 있는 냉소의 말. 더구나 서희는 자신의 위치가 더욱 두려웠다. 여당 의원, 대정부 질문의 주제가 된 법안 발의자의 직계, 더 나아가 정치권 외부에서만 정치를 바라보던 철저한 정치 문외한인 초선 의원. 어떤 말을 해야 하는지 상식적으로 요구하는 답은 분명했다. 여당 의원들이 질의를 시작하려 할 때 정부 관계자들의 표정을 서희는 조심스럽게 살폈다. '오늘 일은 끝났구나.' 하는 식의 편안함이 느껴지는 반응이었다. 실제로 여당 의원들로 구성된 환경분과위원회 의원들의 질의는 표면적인 실무 절차에 대한 재확인의 수준을 벗어나지 않았다.

그렇게 물 흐르듯 빠르게 질의는 끝나갔다. 마지막 서희의 차례가 오기까지는 그랬다.

2

"노동부 차관께 묻겠습니다."

"말씀하세요."

"차관께서는 혹시 우성 조선 사태에 대해 알고 계신가요?"

"어느 정도는 보고받은 바 있습니다."

"어느 정도까지요?"

"어, 그러니까 직장 폐쇄가 이뤄졌고…… 그리고."

"직장 폐쇄가 단행된 이유도 알고 계신가요?"

"그거야 뭐…… 장기간 계속된 경제 불황으로 인한 조선소 수주 물량의 급감으로 알고 있는데요."

"언제나 경제 불황이었죠. 불황의 그늘에서도 선전하는 분야가 있고요."

"무슨 말씀이신지……?"

"작년, 재작년 조선 산업은 불황 속에서도 선전했습니다. 특히 우성 조선이 그랬고, 앞으로는 더욱 그럴 가능성이 높았죠."

말이 끝나기가 무섭게 서희가 자료 하나를 뽑아 들었다. 노동부 차관은 그 서류에 무엇이 적혀 있는지 알지 못했다. 더 나아가 서희가 왜 이 시점에서 우성 조선 이야기를 꺼내는지에 대한 밑그림을 전혀 그리지 못했다. 그건 대정부 질문에 모인 환경분과위원회 의원들 대부분의 반응이었다. 대신 국회 출입 기자들의 움직임은 활발해졌다. 서희가 말을 이었다.

"우성 조선은 향후 10여 년간 꾸준히 매출을 올릴 수 있는 수주 계약들을 진행하다가 취소했습니다. 거의 의도적인 수주 취소라고 볼 수 있을 정도입니다. 왜 그랬을까요?"

"글쎄요. 경영진의 판단을 노동부 차관인 제가 다 알 순 없지 않겠습니까."

"이번엔 환경부 차관께 물을게요. 신재생에너지 발전소 추진에 대한 이야기가 언제부터 본격적으로 거론된 거죠?"

"재작년 7월경으로 기억하고 있습니다."

"재작년 8월경부터 우성 조선은 계약을 맺었던 수주까지 노동자 파업, 원자재 가격 인상 등을 이유로 의도적으로 취소했습니다. 그게 과연 무엇을 의미하는지 생각해보신 적 있습니까?"

"이봐요, 김 의원님."

서희의 말을 가로막은 건 마땅한 대응책을 마련할 수 없어 전전긍긍하던 정부 인사들이 아닌 같은 여당 소속의 환경분과위원장인 장호철 의원이었다. 여당을 비롯해 야당 의원 모두 전혀 예상하지 못했던 서희의 발언에 황당하다는 표정이었다.

"지금 이 시간은 신재생에너지 발전소의 환경문제에 대한 검증과 대책을 논의하자는 취지에서 마련한 자리입니다. 우성 조선의 직장 폐쇄에 대한 질의는 적절하지 못한 것 같네요."

"그렇지 않습니다, 의원님."

"무슨 뜻입니까?"

"전 신재생에너지 발전소 건립 특별 법안 추진에 있어서 우성 조선 경영진이 의도적으로 직장 폐쇄를 감행한 것 같다는 의혹을 지울 수 없기 때문에 이런 말씀을 드리는 겁니다."

"이봐요, 김 의원. 당신이 대체 뭘 얼마나 안다고……."

장 의원이 말을 흐렸다. 언론의 눈과 귀가 모여 있다. 같은 편 여당 의원, 그것도 여성 초선 의원을 폄하하는 말을 했다가 구설수에 오를 것을 염려하는 듯했다. 서희는 장 의원을 비롯한 다른 이들의 반응에 아랑곳하지 않고 노동부 차관에게 거듭 질의를 이어나갔다.

"또 하나 제가 가장 의문스럽게 생각하는 부분이 있습니다."

노동부 차관이 몹시 곤혹스럽다는 표정으로 대응했다.

"의원님, 분과 위원장이신 장 의원님 말씀처럼 신재생에너지 발전소에 관련된 문제만……."

"신재생에너지 발전소 부지가 어디죠?"

"해능시입니다."

"해능시 해안의 삼분지 일에 해당하는 장소에 우성 조선 현장이 있어요. 그런데 우성 조선은 의도적으로 직장 폐쇄를 단행하고 있고요."

"의도적인 직장 폐쇄라고 말씀하시는 건 조금 무리가……."

"정말 생각하고 싶지 않은 문제에 대한 부분인데요."

차관의 말을 중도에서 자른 서희가 새로운 서류를 끄집어냈다.

"작년 12월 24일, 하루에 일어난 사고입니다. 우성 조선에서요. 제가 들고 있는 서류는 산업재해 기록입니다. 알고 계시는지 묻고 싶네요."

"무슨 기록을 말씀하시는지 모르겠네요."

"우성 조선에서 이날을 중심으로 현장 근로자 열 명이 산업재해 피해자 명단에 등록되었습니다. 물론 사고 발생 장소는 다양하게 나타나 있습니다. 도료 공장, 물류 운반 창고, 건조실. 하지만 우성 조선 현장과 연관된 장소에서 발생했다는 공통점만큼은 부인할 수 없어 보여요."

"……."

"산재 신청 항목은 모두 불의의 산업재해로 인한 사망으로 되어 있고요."

"음."

"하루에 열 명입니다. 같은 지역, 같은 노동 현장에서요. 이런 일이 대형 사고가 아닌 경우에도 발생한 것을 차관께선 접하신 적이 한 번이라도 있으신가요?"

"……."

"더 의문스러운 건 사고 원인에 대한 부분입니다. 한번 들어 보시겠습니까?"

"김 의원님, 더 이상의 질의는 무의미할 것 같습니다. 이쯤에서 마무리하시죠."

이번에도 장 의원이 서희의 말을 가로막았다. 이번엔 작심하고 서희의 발언을 중단시킬 심사였다.

하지만 서희는 장 의원의 말에 대응할 여유가 없었다. 그녀는 자신의 말을 이어나갔다. 시선은 여전히 질의 대상자인 두 명의 차관에게 집중되어 있었다.

"사고 원인이 분명하지가 않습니다. 열 명 전부가 그렇습니다. 한마디로 원인 불명으로 볼 수 있습니다. 물론 원인을 설명하는 전문용어는 존재합니다. 그러나 사고사에 대한 명확한 해명이 되어주지 못하는 것 같습니다. 차관께서 직접 확인해주시겠습니까?"

"산업재해에 대한 부분은 애석하지만 한 해에도 수백 건 이상 접수되고 있습니다."

"하지만 이렇게 하루에 집중적으로 발생한 사고라면 적어도 언론이나 정부 차원에서 검토될 수 있는 문제가 아닐까요?"

"글쎄요. 그건……."

"재작년 우성 조선이 의도적으로 수주를 취소했고 작년 12월 24일에 그곳의 근로자 열 명이 원인 불명의 사고로 목숨을 잃었습니다. 과연 이것이 의미하는 바가 무엇일까요?"

"그건 지나친 확대해석 같습니다."

"제가 정말 몰라서 그렇습니다. 과연 이런 사건들이 신재생에너지 발전소 추진과 무관하다고 볼 수 있는지에 대해서 말이죠."

서희의 입이 조금씩 떨렸다. 회의실 내부는 술렁였다. 기자들은 송고할 기사 초안을 어떻게 잡아야 할지 주저하는 눈치였고, 서로를 바라보며 수군거리는 야당 의원들은 나름대로 관심사를 공유하고자 했다. 여당 의원들은 일찌감치 퇴장해버렸다. 물론 서희에게 말을 걸거나 옹호하는 태도는 전혀 보이지 않았다.

서희는 장 의원이 서둘러 질의를 끝내는 통에 노동부 차관으로부터 더 이상의 답변을 듣지 못했다. 차관은 사건에 대해 보다 면밀히 조사해보겠다는 식의 말로 얼버무렸다. 서희가 우성 조선에 대해 조사한 내용은 왜곡되거나 어느 한 부분을 침소봉대한 것이 아니었다. 때문에 서희는 정말로 묻고 싶었다. 제대로 한 건 터뜨려 언론의 주목을 받고자 하는 의도와는 거리가 멀었다. 정치적 의도가 배제된 순수한 관심에서 물은 것이다. 하루에 접수된 산업재해, 그것도 모두 사망 사고였다. 그런데 그날 12월 24일은 고요하기만 했다. 서류를 붙잡은 서희의 손은 모두가 퇴장하고 혼자 남았을 때조차 조심스럽지만 선명하게 떨리고 있었다.

3

우성 조선 직원들에게 제공된 사원 아파트. 엘리베이터가 없는 5층짜리 아파트 건물이 열 채 넘게 모여 있는 그곳을 찾은 외지인은 민서와 호규 둘밖에 없어 보였다. 낡고 허름하다는 표현만으로는 사원 아파트의 분위기를 설명하는 게 부족할 정도였다. 험하게 칠이 벗겨진 외벽과 복도, 창문 가릴 것 없이 거미줄과 곰팡이가 함부로 방치된 채였다. 금방이라도 재건축을 해야 할 것 같은 느낌이었다.

10동 504호. 아파트 단지의 맨 끝 쪽, 쓰레기장이 건물 바로 뒤편에 조성되어 있어 은근히 풍기는 악취가 민서의 머리를 지끈거리게 했다. 계단을 밟고 한 층 한 층 올라서는 민서의 뒤를 따르던 호규가 한마디 푸념하듯 내뱉었다.

"사람 사는 아파트 맞나 모르겠네요. 아무도 안 사는 것 같아요. 복도 등도 안 켜지고."

"군말 말고 따라오기나 해."

호규의 푸념이 아예 틀린 말은 아니었다. 이제 우성 조선 사원 아파트에 남아 있는 이들은 이른바 강성 노조로 불리는 현장 근로자들이 대부분이었다. 관리직이나 총무직 직원들은 혹시라도 분노한 노조의 표적이 될까 싶어 떠난 지 오래였다. 민서는 입주민의 절반 이상이 떠나간 아파트 단지 내 풍경을 4층 부서진 창문 너머로 보이는 놀이터를 통해 확인했다. 오래된 폐허를 보는 것 같았다. 낡은 놀이 기구들 위에서 뛰어놀고 있는 두세 명의 아이들의 모습에서 뜻 모를 씁쓸함이 느껴졌다.

"이게 뭐야?"

5층 계단에 발을 내디디며 호규가 말했다. 쓰레기봉투와 각종 자재들이 어지럽게 계단 곳곳에 버려져 있었다. 민서는 그보다 벽면과 504호 철문에 주목했다. 적색 스프레이로 틈을 찾을 수 없을 만큼 낙서가 적혀 있었는데, 그 문구가 살벌했다.

변절자 김필연은 나가죽어라
게이 새끼, 재수 없다
필연 가족은 즉각 아파트를 떠나라
김필연 자폭하라

두 번 세 번, 반복해서 초인종을 눌렀지만 504호 내부는 잠잠했다. 호규가 조심스럽게 말했다.
"이사 간 거 아닐까요?"
"우유 주머니에 먼지가 없어."
"그렇군요."
한 번 더 초인종을 누르려던 민서가 손짓을 멈췄다. 계단 밟는 소리가 건물 밑에서부터 들려왔다. 한 걸음 한 걸음, 걸음을 옮길 때마다 민서와 호규의 시선이 밑으로 향했다. 천천히, 마치 천형의 업을 짊어진 듯한 느린 걸음으로 힘겹게 4층에 발을 내디딘 존재를 민서와 호규가 확인한 순간 그가 걸음을 멈췄다. 멈춰 서서 위를 올려다봤다. 504호 앞에 서 있는 두 명의 남자, 민서와 호규를.
여자였다. 생기라곤 찾아볼 수 없는 여자. 여자는 작업복을 입고 있었는데 '우성 조선'이란 회사 로고가 민서의 눈에 들어왔다. 여자는 경계심 어린 눈빛으로, 하지만 피하거나 두려워하지 않는, 일상에 찌든 무심한 말투로 민서에게 물었다.

"누구세요?"

"경찰입니다."

"노조에서 보낸 건가요?"

"아닙니다."

"그럼?"

"김필연 씨에 대해 몇 가지 묻고 싶어서요."

"……."

"노조와는 상관없는 일입니다."

잠시 후 여자가 걸어 올라왔다. 민서가 504호 출입구에서 한 걸음 물러섰고, 여자가 열쇠를 꺼내 문을 열었다. 문 안쪽에 이중 걸쇠가 걸려 있었다. 문틈으로 두 명의 어린아이의 반짝거리는 눈이 보였다. 여자가 말했다.

"열어."

둘 중 오빠로 보이는 남자아이가 엄마를 확인한 뒤 걸쇠를 풀었다. 여자가 흘깃 민서 쪽을 돌아보며 말했다.

"들어오세요."

4

아이들은 건넌방에 숨어서 10분, 20분 내내 꼼짝도 하지 않았다. 외부인에 대한 경계가 이미 익숙해진 모습이었다. 평일 오전이다. 방학 기간도 아닌데, 아이들은 학교에 가지 않았다.

민서가 의심스러운 눈길로 쳐다보았지만, 별달리 캐묻고 싶은 생각은 없었다. 아파트 안의 상황이 누구라도 품고 있는 궁금증을 거둘 정도였기 때문이다.

마치 입주하고 한 번도 청소를 하지 않은 것처럼 보이는 504호 내부는 그야말로 10동 뒤편에 위치한, 베란다 창문 너머로 보이는 쓰레기장을 닮았다. 호규는 인상을 구기며 베란다 근처를 서성거렸고 민서는 안방과 주방 쪽을 슬며시 바라봤다. 대충 손을 씻은 여자가 주방 테이블에 앉으며 말했다.

"없어요. 집 나간 지 반년도 넘었어요."

"알고 있습니다."

"그이를 찾으러 온 사람은 두 부류뿐이었어요."

"어떤 부류였죠?"

"사채업자 아님 노조 관계자. 그런데 이번엔 경찰이네요. 어디 소속이시죠?"

"강력계입니다."

"강력계?"

강력계라는 말에 여자는 표정의 동요를 보였다. 어떤 일이라도 담담하게 받아들일 것 같은 모습이었는데, 강력계라는 단어만큼은 예상외였던 모양이었다. 하지만 그것도 잠시, 여자는 이내 암울한 평심으로 되돌아왔다. 민서가 현관 입구에 선 채로 물었다.

"김필연 씨에 대해 묻고 싶은 게 있습니다."

"뭐죠?"

"물론 김필연 씨가 직접 연루된 사건은 아니라고 생각합니다."

"말씀하세요. 제가 알고 있는 선에서는 말씀드릴 수 있어요."

"꽤 호의적이시군요."

"아무 기대도 남지 않았으니까요."

잠시 여자가 생각에 젖는 듯했다. 김필연의 아내로 살아온 시간에 대한 후회의 그늘이 짙게 드리워져 있었다. 민서는 그런 여자에게 구차스러운 신변에 관련된 사항을 캐묻고 싶지 않았다. 주민등록이 된 사람이라면 누구든 신변에 관련된 거의 대부분을 알 수 있는 정보망이 구축되어 있다. 민서는 확인하고 싶었다. 눈에 보이는 정보의 그물로 볼 수 없는 진실을 알고 싶었다. 그래서일까. 민서는 아무것도 기대하지 않는다는 여자의 체념을 긍정했다. 빙빙 돌리지 않고 직설적으로 물었다. 확인하고 싶은 진실의 핵심을.

"김필연 씨가 동성애자였습니까?"

"그게 중요한 사안인가요?"

"그렇습니다."

짧은 한숨을 내쉰 여자가 별다른 동요 없이 바로 답했다.

"맞아요. 동성애자, 빌어먹을 게이 새끼죠."

언성이 높아짐과 함께 부러 잊고자 했던 참담한 기억이 되살아난 모양이다. 민서는 잔인하게 그 구석을 파고들었다.

"동성애자인데 부인과 자제를 건사했단 말입니까?"

"건사는 무슨…… 제 한 몸 견뎌내기도 힘들어한 사람이었는데요."

"듣기론 사채를 많이 썼다는 것 같은데, 그게 김필연 씨의 동성애 취향과 관계가 있습니까?"

"동성애뿐만이 아니에요. 그 인간, '강원랜드'로 출퇴근하는 작자였어요."

"강원랜드?"

"대충 그림이 그려지세요?"

"개인적인 질문을 드려도 되겠습니까?"

"지금까지 질문도 충분히 개인적인데요. 말하세요."

"제가 그린 그림으로는 아주머니가 우성 조선에서 계속 일하기는 힘들 것으로 보이는데요."

"형사님이 그린 그림, 아마도 한 가지가 잘못 그려졌을 거예요. 모두들 그렇죠. 자기가 생각하고 판단하고 싶은 대로 믿길 원하죠."

"무슨 말씀입니까?"

"형사님도 그 인간이 우성 조선 과잉 파업 지시하고 CS 관계자에게 뒷돈 받아먹은 걸로 그렇게 알고 계신 거죠?"

"그럼, 아닙니까?"

"아니에요."

단순하지만 짙은 절규가 스며든 음성이었다. 민서가 여자와 눈을 마주했다. 민서는 여자에게서 실종된 김필연을 옹호하고자 하는 마음을 찾을 순 없었다. 그러나 분명한 건 진실을 말하고 싶어 하는 여자의 의지였다. 민서는 직감적으로 그 의지를 감지했다. 민서의 직감은 오랜 시간 체득해온 능력과도 같았다. 어느 순간부터 피의자들을 심문할 때, 거짓말탐지기를 사용하지 않아도 그들이 진실을 말하는지 거짓을 말하는지 어렵지 않게 구별할 수 있었다. 눈빛, 사람의 눈빛은 거짓을 말하지 않는다. 머릿속과 입은 온갖 거짓과 위선으로 변장이 가능하지만 눈빛은 그럴 수 없었다. 민서는 지금 여자의 눈빛이 피할 수 없는 진실 앞에 호소하고 있다는 느낌을 도저히 뿌리칠 수 없었다. 여자가 말을 이었다.

"그이가 실종된 건 돈 문제 때문이 아니에요."

"그럼?"

"죄책감 때문이에요."

"죄책감?"

"십수 년을 김필연과 함께 살 맞대고 살아온 사람이에요. 그 정도는 알아요."

"무엇에 대한 죄책감이죠?"

"그걸 모르겠어요."

"모른다고요?"

"그이를 괴롭혔던 죄책감이 무엇인지 모르겠어요. 하지만."

"……?"

"분명한 건 그 죄책감이 노조 위원장으로서 공금횡령과 프락치 노릇을 했기 때문은 아니라는 거예요."

"그걸 어떻게 확신하죠?"

"난 확신해요. 그러니까 여길 떠나지 않는 거예요. 매일매일 우성 조선 도료 공장에 출근하는 거예요. 그게 아니니까. 진짜 그이가 사라진 게 그 이유가 아니니까. 그러니까 난 끝까지 여기 남아 있을 거예요. 내가 여길 떠나야 할 이유가 없어요."

민서는 더 묻지 못했다. 여자는 거짓을 말하지 않았다. 김필연은 자신의 존재를 은폐할 정도의 죄책감을 느끼고 있었다. 그래야만 할 정도의 죄책감이란 게 무엇일까? 답답한 숙제를 끌어안은 기분으로 민서가 호규에게 눈짓으로 철수를 명했다.

현관문을 열고 밖으로 나가려 할 때 여자가 물었다.

"그이를 만날 건가요?"

민서가 낮은 목소리로 답했다.

"아마도."

"그이를 만나면 이 말을 꼭 전해주세요."

"……?"

"여긴 오지 말라고."

"……."

"죽어도 오지 말라고……."

"그렇게 전하죠."

5

"그게 뭐죠?"

차에 오르던 호규가 민서의 손에 쥐어진 것을 보면서 물었다. 민서는 호규를 보지도 않고 답했다.

"수첩."

"수첩요?"

"아까 안방에서 갖고 나왔어."

호규는 정식 절차니 수색영장이니 하는 말을 입에 담을 수 없었다. 경찰대를 졸업한 호규도 서서히 민서의 스타일에 동화되어가고 있었다.

"누구 수첩이죠?"

"당연히 김필연의 것이지."

민서가 수첩 안의 메모를 대충 살피며 말했다.

"가장 중요한 건 가장 흔하게 널려 있는 법이야."

"누가 한 말이죠?"

"그런 건 알 필요 없고, 폰에 저장이나 해둬."

민서가 수첩을 호규에게 건넸다. 그러곤 시동을 걸었다.

"이젠 어디로 가죠?"

호규의 물음에 대한 민서의 답은 단순했다.

"김필연의 주변 탐문에 들어가야지."

6

민서의 탐문에 의해 드러난 한 가지 정황이 그와 동행한 호규를 당황스럽게 만들었다. 호규는 김필연이 도박으로 인한 빚과 감당 못할 채무를 어떻게든 해결하기 위해 노조 위원장이던 자신의 직위를 남용한 것에서 연쇄살인의 실마리를 찾고자 했다. 하지만 여전히 사건에 대한 밑그림을 전혀 그리지 못했다. 남은 건 도대체 김필연이 연쇄살인과 무슨 상관이냐는 식의 무력감뿐이었다.

며칠 동안 계속된 민서의 잠적에 가까운 행동 때문에 곤욕을 치른 건 동행한 호규였다. 민서가 아예 휴대전화 전원을 꺼놓았기 때문에 모든 연락이 호규에게 집중되었다.

민서와 함께하는 수사팀은 민서의 수사 방식에 상상 이상의 불만을 쏟아냈다. 애초부터 사건을 연쇄살인이라고 몰아가는 접근 방식 자체에 문제가 있다고 말했다. 윗선에서는 사건 조사를 원점에서 재검토하라는 지시를 반복해 내리면서 민서의 복귀를 촉구했다.

서서히 지쳐가는 호규와 달리 민서는 사건의 핵심으로 한층 더 깊이 들어가고 있음을 확신할 수 있었다. 비록 그 누구도 납득시킬 수는 없었지만. 김필연이 연쇄살인의 주인공일 수는 없다. 하지만 그 사건을 자행하는 인물 혹은 배후의 연결 고리일 수 있다는 발상에서 시작된 탐문에서 민서는 한 가지 중요한 단서를 포착했고, 그 단서를 확인할 수 있는 장소에 호규와 함께 진입했다. 그곳은 더 이상 해능시가 아니었다. 서울 이태원에 위치한 게이 클럽 'X'였다.

7

"스미스?"

"이 사람 이름이 스미스야?"

"스미스를 만나러 왔어?"

"응. 사진 속 남자의 이름이 스미스가 맞다면 스미스를 만나러 온 게 맞아."

"왜?"

"묻고 싶은 게 있어서."

민서의 말을 들은 백인 바텐더는 알 수 없는 미소를 지었다. 처음 말을 걸었을 때부터 바텐더는 능숙한 한국말을 구사했다. 민서가 바텐더를 상대하고 있을 동안 호규는 클럽 내부를 둘러봤다. 50평이 조금 넘을 듯한 비교적 아담한 클럽 홀엔 한국인으로 추정되는 동양인 남자들만 가득했다. 이태원 클럽이라고 하기에 무색할 만큼 동양인 일색이었지만 클럽의 정체성만큼은 분명히 짐작할 수 있었다. 모두 동성들, 그것도 남자들로만 채워진 곳. 호규는 묘한 느낌이 들었다.

바텐더가 스미스라고 부르는 사진 속 남자의 한국 이름은 길승호였다. 적어도 민서가 조사한 바에 의하면 그랬다. 스미스로 불러도 크게 어색하지 않은 느낌이었다. 무엇보다 길승호란 한국 이름을 가진 남자는 재미 교포였으니까.

길승호가 자주 다닌다는 게이 클럽에 민서가 찾아온 이유를 호규의 상식으로는 이해하기 어려웠다. 하지만 그만큼 절묘했다. 어쩌면 비과학적이라고 할 수도 있는 탐문의 흐름 속에서 김필연과 길승호의 관계가 유추되는 것, 그것을 호규는 더 이상 억지라고 볼 수는 없었다.

길승호는 시민대학에서 노동 법률 관련 영어를 가르친 영어 강사였다. 시민대학은 '사회참여연대'라는 시민 단체에서 전국적으로 운영하는 민간 교육 단체였는데, 주로 노동법, 인권, 민주화와 생태에 관련된 인문학 위주로 강사진을 꾸렸다. 시민대학은 해능시에서도 한시적으로 운영되었다. 작년과 재작년, 그렇게 2년 동안 운영되었지만 지방 소도시의 한계 때문이었을까, 아님 후원하던 우성 조선 노조 단체의 내부 사정 때문이었을까, 작년 연말에 개최된 4기 강좌를 끝으로 해능시 시민대학은 더 이상 운영되지 않았다.

민서가 시민대학 강사 길승호에게 관심을 가진 건 김필연의 수첩 때문이었다. 김필연이 사용했던 작은 메모용 수첩 겉면에 시민대학 로고가 박혀 있었다. 김필연은 해능시 시민대학이 시작될 때부터 간사, 운영위원 등으로 활동했음을 알 수 있었다.

민서는 이제는 폐쇄된 포털 사이트에 마련한 카페 '해능시 시민대학'에서 길승호와 김필연이 주고받은 댓글과 그들이 수록한 글들에 주목했다. 거의 대부분의 글이 삭제되고 없었지만 몇 가지 짧은 게시물들은 남아 있었다. 길승호는 인권과 관련된 글을 주로 올렸고, 김필연은 그에 대한 거의 맹목에 가까운 지지를 보여주었다. 맹목에 가까운 태도 자체가 나쁠 순 없었지만 민서는 길승호의 글 중에서 단문으로 적힌 하나의 게시물에 주목했다. 그리고 또 하나의 글, 동성애 인권에 대한 단상을 올린 글이 있는데, 그 또한 평범하지는 않았다.

> 참된 인권을 실현하는 데 가장 중요하고 현실적인 두 가지 방법만이 존재한다. 밑으로부터의 혁명은 이 두 가지 방법의 선택 여부에 달려 있다 해도 과언이 아니다. 하나는 소수의 각자覺者에 의한 혁명이고, 다른 하나는 다수의 공멸에 의한 혁명이다. 그러나 우리는 묻지 않을 수 없다. 소수는 누구이고 다수는 누구인가.

> 동성에 대한 관심은 비단 육체의 액티비즘Activism에 국한되지 않는다. 이성의 결합은 필연적으로 타협을 요구한다. 그러나 동성의 지향성은 오직 하나다. 하나가 잘못되었을 때, 다른 하나가 그 잘못된 것을 지워낼 수 있어야 한다. 그래서 나는 동성애를 지지한다.

모호한 안개 속으로 가라앉는 느낌을 주는 문장이다. 하지만 김필연은 이러한 길승호의 알 듯 모를 듯 한 아포리아즘적 문장을 지지하는 댓글을 남겼다. 길승호에 대한 맹목적 추종이 김필연이 동성애 취향임을 직간접적으로 내비친 증거인지 아님 별다른 관심의 표현인지는 민서에게 중요하지 않았다. 중요한 것은 김필연과 길승호 사이의 루머가 김필연을 동성애자로 만들었다는 것이며, 출신이 불분명한 재미 교포 길승호가 김필연의 결심에 거역할 수 없는 동기를 제공했다는 심증이었다. 그 심증을 갖고서 민서는 김필연의 상대로 추정한 길승호의 동선을 추적했다. 안개 속에 가려진 길승호의 동선 끝에 게이 클럽 'X'가 있었다.

백인 바텐더가 테킬라 한 잔을 민서의 자리에 놓았다. 민서는 담배를 입에 물고 고개를 가로저었다. 그러자 바텐더가 말했다.

"다른 걸 원해?"

"아니, 필요 없어."

"그래, 그럼……."

"……."

"아까 뭐라고 했지?"

"묻고 싶다고 했어."

"누구에 대해?"

"스미스."

"당신은 길승호로 알고 있겠군."

"그 이름도 알아?"

"평범할 때의 스미스는 길승호야."

"평범하지 않을 때의 스미스는 어떤 존재지?"

"그는."

바텐더는 민서의 자리에 놓아둔 테킬라를 자신이 대신 들이켠 다음 말을 이었다. 짧고 강한 여운을 남기는 한마디였다.

"그는 사제야. 프리스트."

"신부란 말이야?"

"그런 거추장스러운 종교적 사제 말고. 그는 진짜 사제야."

"무슨 뜻이야?"

"우리들을 도덕과 윤리로 덧씌워진 거추장스러운 것들로부터 해방시키는 진정한 사제야."

"그게 거추장스러운 건가?"

"모럴Moral 자체가 거추장스러운 건 아니지. 하지만 오늘날의 모럴은 상대를 심판하고 정죄하기 위한 도그마가 되어버렸어. 스미스는 도그마를 저주했지. 저주가 곧 해방이야."

"그래서."

민서가 다시금 클럽 주위를 둘러봤다. 클럽 구석 자리에 앉은 동성 커플이 '엑스터시'란 이름으로 알려진 마약을 흡입하며 게걸스러울 정도로 농밀한 스킨십을 시작했다. 민서가 말을 이었다.

"제멋대로, 막가는 대로 사는 게 사제의 역할인가?"

"스미스를 도그마의 눈으로 판단하지 마."

"난 본 그대로 이야기하는 거야."

"당신이 뭘 어떻게 봤는지는 모르겠지만…… 함부로 스미스의 삶을 평가할 자격은 없어."

"대단하군."

"뭐가?"

"적어도 당신들 세계에서 스미스는 히어로인 것 같은데."

"그렇지 않으면 우리 모두 자살할지도 모르거든."

"……."

"그런데 애석하군."

"무슨 말이야?"

"스미스는 지금 여기 없어."

"내가 맞혀볼까?"

"뭘?"

"작년 12월 24일, 크리스마스이브. 그 후로 다신 나타나지 않았지."

"……."

"틀렸나?"

"아니, 맞아."

바텐더의 표정이 진지해졌다. 민서에게는 짐작밖에 없었다. 김필연이 실종되었다고 추정되는 시간과 길승호의 행적 간의 상관관계를 짚어본 것뿐이다. 놀라운 건 이어진 바텐더의 행동이었다. 바텐더는 민서를 뚫어지게 쳐다보며 주머니에서 무언가를 꺼내 바 위에 올려놓았다. 작은 크기의 열쇠였다. 민서가 물었다.

"이게 뭐야?"

"믿어야 하는지 모르겠어. 하지만 지금의 나로서는 선택의 여지가 없군그래."

"그건 또 무슨 소리야?"

"당신 말대로 스미스는 작년 크리스마스이브를 끝으로 더 이상 이곳에 오지 않아."

"연락도 없었겠지."

"물론."

"다시 말해봐. 선택의 여지가 없다는 게 무슨 의미야?"

"몇 달 전 스미스의 이름으로 우편물이 배송되었어. 우편물 안에 이 열쇠와 한 장의 쪽지가 있었지."

"뭐라고 적혀 있었지?"

"몇 개월 후, 정확하진 않지만 자신을 만나고 싶어 하는 한 사람이 나타날 거라고 했어. 그 사람에게 이걸 전해주라고. 이 열쇠 말이야."

"……."

"그 사람이 당신을 말하는 걸까? 난 확신할 수 없어. 하지만 당신이 아니라고 단정할 수 있는 근거도 없지."

"이 열쇠는 뭐야?"

민서의 질문에 바텐더가 턱 끝으로 우측 복도 코너를 가리키며 말했다.

"게이 클럽엔 드레스 룸이 있어. 일종의 보관함 같은 거지."

"몇 번이야?"

잠시 생각하던 바텐더가 입을 열었다.

"59번."

8

여의도 공원에서 시위가 벌어졌다. 국회의사당을 바라보는 위치에서 벌어진 시위의 성격은 독특했다. 요지는 그랬다. 20층 높이의 오피스텔을 짓는 CS 건설이 수많은 하청 업체에 자신들이 원하는 공사 기간을 지킬 것을 요구했고, 그 와중에 제대로 된 안전 장비를 갖추지 못한 외국인 근로자 두 명과 국내 일용직 노동자 한 명이 추락사하는 일이 벌어졌다. 이 사건에 대해 CS 건설은 자신들은 원청 업체일 뿐 죽은 노동자와 아무 상관이 없다는 식으로 대응했고, 그러한 무책임한 대응이 도화선이 되어 파업의 형태를 띤 하청 근로자들의 농성으로 이어졌다.

그 농성에 한국의 대표적 시민 단체 몇몇이 가세했다. 시민 단체의 시위는 CS 건설이 신재생에너지 민관 협력 사업의 주요 사업 파트너로 선정된 것에 대한 부당성을 호소하는 것이었다. 시위 내용은 CS 그룹의 입찰 비리에 집중되었다. 그리고 서희의 대정부 질문은 그들의 시위를 격화시킬 수 있는 또 하나의 재료로 기능했다.

하지만 언론의 반응은 서희가 예상했던 것보다 미미한 수준이었다. 정치권 밖에서 줄곧 생활해오던 민간인에 가까운 서희의 상식으로는 이해하기 힘든 반응이었다. 언론은 서희의 대정부 질문 때 불거져 나온 우성 조선의 직장 폐쇄를 둘러싼 의혹 제기를 중점적으로 다루려는 의지를 보여주었다. 하지만 정작 서희가 발견한, 어쩌면 그 이전부터 마땅히 수면 위로 올라와 공론화되었어야 할 12월 24일에 벌어진 산재 사고에 대한 것은 주변적 관심사로 취급되거나 불명확한 것으로 치부되었다.

사안의 중대성으로 볼 때 한날 한 회사의 현장에서 열 명의 근로자가 사망한 사건에 대한 진상 조사가 이루어질 것으로 서희는 기대했지만 그 사건에 대한 노동부와 산재 보상 위원회의 반응은 지지부진했고, 언론 역시 확실해지기 전에는 나서지 않겠다는 태도를 노골적으로 드러냈다.

대정부 질문 이후로 서희는 여당 의원들뿐만 아니라 야당 의원들 사이에서도 졸지에 요주의 인물이 되었다. 보궐선거에서 당선된 초선 의원으로서 전혀 예상하지 못한 태도를 보인 서희에게 어느 누구도 쉽게 지지의 의사를 표시하지 않았다. 여당 의원들의 서늘한 태도는 극에 달했다.

국회의사당 앞에서 서희는 시위를 지켜보았다. 국정감사를 준비하기 위해 국회의원 접견실을 찾았던 그녀는 난데없는 구호 소리에 창밖을 바라보지 않을 수 없었다. 착잡한 심경으로 시위 장면을 지켜보던 서희의 눈앞에 한 가지 주목할 만한 모습이 나타났다. 가동이 중단된 타워크레인 위로 복면을 쓴 한 남자가 기어 올라가는 장면이었다. 서희는 서둘러 스마트폰으로 시위 현장을 보도하는 뉴스 전문 채널을 검색했다. 동영상으로 한 남자가 기어 올라가는 모습이 포착되었다. 남루한 작업복 차림의 노동자는 모자를 깊게 눌러쓰고 한 손엔 검은 비닐봉지까지 들고 있어 크레인 위를 오르는 일이 여간 위태로워 보이지 않았다. 무엇을 하려는 걸까. 고공 시위라도 벌이려는 건가.

타워크레인의 높이는 상당했다. 그 밑, 지상에선 머리에 띠를 두른 파업 노동자들과 CS 그룹의 신재생에너지 협동 사업 추진에 대한 반대 시위를 벌이는 시민 단체 회원들의 구호 소리가 울려 퍼졌다. 서희는 시위대들의 시선을 살폈다. 타워크레인 위를 바라보며 박수를 치거나 독려하는 구호는 보이지 않았다. 누군가 타워크레인 위로 올라가는 익명의 노동자를 손으로 가리킨 뒤에야 시선을 돌렸다. 그로 미루어볼 때, 노동자의 행동은 다분히 우발적인 듯했다.

검은 복면의 남자가 기어이 30여 미터에 육박하는 타워크레인 난간에 발을 내디딜 때, 서희의 휴대전화가 울렸다. 번호를 확인한 순간 긴장했다. 익숙하진 않지만, 분명히 기억할 수 있는 번호. 번호 끝 네 자리 숫자 '4987'이 서희의 시선을 잡아끌었다. 그녀가 국회의원에 당선된 날 새벽에도 발신자 번호 4987로 전화가 왔었다. 지금도 그녀의 머릿속을 온통 혼란케 하는 장면을 목격하게 만든 주인공의 전화. 하지만 서희는 전화를 받지 않을 수 없었다.

"여보세요?"

9

"여기까지 나오시게 해서 죄송합니다."

"아니에요."

민서가 서희를 불러낸 곳은 CS 건설 시위 현장이었다. 방송국 직원과 시위 관계자들이 분주하게 움직이는 현장에서 한 걸음 물러난 곳에 마련된 카페에서 둘은 다시금 마주했다. 서희는 불길한 기분을 애써 억누르며 민서에게 질문했다.

"이번에도 역시 상훈 씨에 대한 소식이겠죠."

"그렇습니다."

서희의 시선은 내내 테이블 위에 놓여 있는 작은 상자에 집중되었다. 귀금속을 보관할 때 사용하는 고급 케이스로 보였다. 그것과 민서를 번갈아 바라보는 서희의 표정은 점점 어두워져갔다. 민서가 조심스럽게 말문을 열었다.

"지난번에 장국현이란 사람이 피살되었습니다. 그 옆에 누군가의 잘린 발이 놓여 있었죠."

더는 피해 가지 않는, 돌려 말하지 않는 민서의 단언과도 같은 한마디가 서희의 심장을 두근거리게 했다.

"전 그 발이 무언가를 이야기하고 있다고 믿었습니다. 그리고 이번엔."

"이번엔 뭐죠?"

"귀, 잘린 귀입니다."

한마디. 사람의 중요 신체 부위를 말한 민서의 시선이 테이블 위에 올려놓은 케이스에 집중되었다. 서희는 믿을 수 없다는 표정으로 말했다.

"난 여전히 아무것도 확신하지 못하겠어요."

그 말을 들은 민서가 이번엔 신문 한 장을 조심스럽게 보여주었다. 며칠 전 신문 정치면에 실린 서희의 대정부 질문에 대한 기사였다. 민서가 기사의 왼쪽 하단에 붉은색 동그라미가 그려진 곳을 가리키며 그녀에게 말했다.

"작년 12월 24일에 우성 조선 근로자 열 명이 사망하는 사고가 있었다는 말씀…… 정말입니까?"

민서는 서희의 이 질의를 재료 삼아 김필연과 그의 일그러진 멘토로 볼 수 있는 스미스, 아니 길승호의 자발적 실종을 추리해냈다. 서희가 확답을 요구하는 민서의 질문에 분명하게 대답해주었다.

"정황이 말해주고 있어요. 물론 현장은 달랐다고 되어 있지만 그건 얼마든지 바꾸어 말할 수 있는 문제이고요."

"작년부터 우성 조선은 이미 파업 단계에 들어섰다고 보고 있습니다. 현장 분위기가 그랬어요. 그런데 도대체 무슨 일로 열 명 이상의 근로자가 근무 중 재해로 사망했다는 걸까요?"

"그 문제가 핵심인가요?"

"적어도 전 그렇게 보고 있습니다."

"어째서요?"

"그 사건 이후로 파업의 규모는 현저히 줄어들었고 CS 그룹의 현지답사는 본격화되었어요. 그리고 그 이전부터."

"이전부터?"

"CS 화학 관계자들이 우성 조선 현장을 드나든 것 같습니다."

민서는 마지막으로 재킷 주머니에서 수첩을 꺼내 볼펜을 끼워둔 면을 펼쳤다. 거기에는 함부로 흘려 쓴 글씨로 무언가가 암호처럼 적혀 있었다. 수첩을 바라보는 서희에게 민서가 설명하듯 말을 이었다.

"우성 조선 노조 위원장의 수첩입니다. 노조 위원장 역시 12월 24일을 기점으로 실종되었고요."

"12월 4일, 5일, 7일. C…… S?"

되는대로 흘려 쓴, 그래서 제대로 알아보기 힘든 김필연의 자필 흔적을 서희가 조심스럽게 읽어 내려갔다. 민서는 그녀가 읽은 것들에 대한 부연을 생략했다. 그러고는 다음과 같은 부탁의 말을 건넸다.

"부탁드릴 것이 있습니다."

"뭐죠?"

"지역구에 가셔서 우성 조선의 외부인 출입 기록을 확보하실 수 있겠습니까?"

"……?"

"영장도 없는 상태에서 일개 형사가 기록을 열람할 수 있는 가능성이 희박해서요."

"한 가지 묻고 싶어요."

"……?"

"상훈 씨가……."

상훈의 이름을 꺼낸 서희가 잠시 말을 멈췄다. 확성기에서 마구잡이로 외치는 고함 소리가 들려왔다. 민서와 서희는 한순간 시선을 타워크레인 쪽으로 향했다. 크레인 조종석이 아닌 수평 난간 위에서 복면을 쓴 남자가 일어섰다가 이내 균형을 잃고 주저앉았다. 이후 남자는 힘들게 균형을 잡고 자리에 앉았다.

공중의 남자에게서 시선을 떼지 않던 민서에게 서희가 말을 건넸다.

"상훈 씨가 무급 휴직을 신청한 날이 언제였나요?"

민서도 서둘러 시선을 다시 서희에게로 향했다.

"정상훈 연구원이 CS 그룹으로부터 포상을 받은 날이라고 합니다. 12월 25일, 성탄절로 알려져 있습니다."

"반지를 받은 다음 휴직계를 내고 잠적했다고요?"

"그렇습니다."

"……."

"이 케이스."

"……?"

"제가 찾은 게 아닙니다."

"그럼?"

"누군가…… 어느 정신 나간 놈이…… 제게 말을 걸어오고 있습니다."

"……."

"저만이 아니겠죠. 의원님도 함께 포함하고 있는 것 같습니다."

"……."

"의원님."

"말하세요."

"절 좀 도와주시겠습니까?"

"……."

"우성 조선 출입 기록 확보하실 수 있겠습니까?"

"그럴게요."

귀로 듣는 자, 들을 수 있는 자 누구인가.

A. 신을 향한 욕망, 새로움에 눈을 뜬 선각자들이 그렇지 못한 사람인 짐승들을 낙원의 지평으로 인도하네. 이것이 바로 종교가 기업의 발이 되어야 하는 결정적 이유네. 바벨탑 비유를 예로 들어보겠네.

일반적 해석은 인류와 짐승인 사람을 구별하지 않은 쪽으로 치우쳐 있어. 하늘 높이 치솟고자 하는, 그래서 저 높은 신의 영역에 도달하고자 하는 욕망을 가진 사람들은 짐승이 아니라 신을 향할 수 있는 인류로서의 사람이었네. 흔히 바벨탑 비유에서 신이 인류를 수많은 언어로 분화시켜 흩어버린 이유를 교만에 대한 징벌이라고 해석하는데 이는 잘못된 해석이야. 신은 인류에게 사명을 부여해주었네. 그것을 이제 기업이 감당해야 할 때이지.

Q. 기업의 사명은 무엇입니까?

A. 수많은 언어로 흩어졌다는 건 신을 향한 욕망에 눈뜬 선각자들이 짐승인 사람들에게 자연의 원리로 생존할 수 있는 근간을 제시하기 위해 무지와 분열의 세상으로 나아간다는 것을 뜻하네.

예수는 신을 향한 욕망을 감추지 않은 대표적인 인물로 인류 중 고도로 정련된 욕망을 품은 범접할 수 있는 위대한 선각자로 볼 수 있지. 그 선각자가 자신의 몸을 저주의 십자가에 매달았다는 건 무지와 분열만으로 가득한 세상의 짐승들을 새로운 패러다임으로 이끌어내겠다는 의지의 발로였네.

Q. 새로운 패러다임이라면 모든 사람들의 평화와 공존을 뜻하는 겁니까?

A. 맞아. 그런데 중요한 층위 구분이 선행되어야 하네. 들을 귀가 있고, 신을 향한 욕망에 눈뜬 선각자로서의 사람과 자연, 짐승인 사람을 구별하는 층위의 구분이 필요하지. 바로 이 구분이 가능해질 때 비로소 종교는 그토록 염원하던 평화와 공생에 대해 말할 수 있게 되지.
층위의 구분은 인식의 새로움을 가져오네. 인식의 새로움은 기존에 가져온 평화와 공존의 패러다임의 근본적인 수정을 수반하지.

24000059 20~22P

입

1

규모나 세력 면에서 대한민국 제1 당이라 할 수 있는 여당의 워크숍. 1박 2일 일정으로 마련된 행사에 서희 역시 초선 의원의 자격으로 참석했다. 이번 워크숍에서 의원들 간에 조율되는 사안은 비교적 담백했다. 신재생에너지 관련 법안 처리를 중심으로 야당이 줄곧 반대해오던 주식 총액 규제 완화법 등 여당의 주요 추진 정책들을 함께 묶어 강행 처리할 수 있는 효과적 방안을 모색하는 회의가 주였다. 신재생에너지 관련 법안 처리에 대한 건은 사실상 의원들 사이에서 별다른 문제가 되지 않을 것으로 보였다. 충청권에 기반을 둔 의석수 22석의 제2 야당이 신재생에너지 발전소 건립 부지에서 자신들의 텃밭이 보이콧당한 것에 앙심을 품고 법안 처리를 반대하고 있는 실정이지만, 제1 야당에선 분석 결과 의원의 3분의 2는 찬성 의사를 갖고 있는 것으로 알려졌기에 법안 처리에 상당한 자신감이 있었다.

제1 야당이 법안 처리에 있어서 여당과 비슷한 견해를 갖는 것은 정부, 다시 말해 관官이 주도하여 민간사업자를 지휘한다는 사업 내용이 야당이 평소 갖고 있던 친기업 정책 견제의 수단으로 유용해 보였기 때문이다. 여야 가릴 것 없이 사실상 대한민국이라는 국가를 주도하는 건 기업이라는 견해가 팽배한 게 현실이다. 여론과 기업이 자꾸만 정부 축소론을 말하며 정치인들의 역할을 무용한 것으로 바라보는 시각 속에서, 자칫 오만방자해질 수 있는 기업을 길들이기 위한 국책 사업의 추진이 반드시 필요한 시점이었기에 여야 모두 신재생에너지 관련 법안 처리는 필연에 가까운 선택이라고 여기는 것이 대세였다.

환경분과위원회 상임위원으로 소속된 서희는 대정부 질문 이후 더 이상 자신이 택할 수 있는 언로言路가 막혀 있음을 실감해야 했다. 윗선에서는 초선 의원으로서 도저히 내보여서는 안 되는 서희의 패륜적 행동을 더 이상 묵과하지 않겠다는 분위기로 몰아갔고, 언론과의 접촉에도 극도로 민감하게 반응했다.

무엇보다 언론의 태도가 서희를 의아하게 했다. 친정부 성향이든 혹은 진보의 이념을 추구하는 언론이든 서희가 제기한 의혹을 기존의 시각에서라면 대어급으로 취급하며 달려들었을 텐데 그들의 반응은 의외로 미온적이었다. 실린 기사도 정치면의 돌발 이슈 정도로 다루어졌으며, 그나마 지상파에선 현안에 대한 문제 제기조차 제대로 하지 않았다.

하룻밤이 지난 후 오전 연찬회장. 여당 의원이 모두 모인 자리에서 마지막으로 워크숍을 정리하는 강연에 나선 이는 바로 정영문이었다. 여당 핵심 실세 중의 하나로 볼 수 있는 홍남호 의원이 초청했는데, 여당 의원들 모두 그의 강연을 별다른 불만이나 무거운 책무의 중압으로 받아들이지 않고 마치 순리인 것처럼 경청했다.

대통령 산하 사회통합위원회 위원장으로 있는 정영문은 종교인 특유의 원론에 천착하는 논조로 대한민국의 현재를 진단하고 미래에 나아가야 할 길, 그와 함께 사회 지도층의 책임감 있는 사회정의 실천, 즉 '노블레스 오블리주Noblesse Oblige'의 강화를 권면했다. 30분가량 지속된 강연에서 정영문은 별다른 원고를 보지 않고도 한마디 막힘 없이 유려한 강연을 이어나갔다.

여당 의원들은 정영문 같은 인물이 자신들의 헤게모니에 비교적 우호적이라는 사실 자체에 만족감을 표했다. 그는 오랜 시간 가톨릭 사제로 있다가 사회를 위해 보다 넓은 사랑을 실천하겠다는 취지로 스스로 사제직에서 한 걸음 물러나 많은 아이들을 입양해 키우며 불우한 환경의 어린이들을 돌보는 복지 재단을 운영해왔다. 이 같은 그의 행보에는 당리당략을 앞세운 정치적 계산, 권력에 대한 탐욕, 최소한의 명예욕도 나타나지 않았기에 공인인 그를 바라보는 국민의 정서랄까, 시각은 대부분 우호적이었다. 그렇듯 정영문은 보수와 진보를 가리지 않고 폭

넓은 지지층을 확보하고 있었지만 정작 그는 여당이든 야당이든 정치 일선에 직접적으로 나서는 것을 극도로 경계하는 모습을 보였다. 무보수로 일하는 사회통합위원회 수장 자리 역시 삼고초려 끝에 받아들였다는 후문은 두고두고 사회의 미담으로 통할 정도로 잘 알려진 일화였다.

강연이 끝나고 해산을 앞두고 있을 즈음 서희의 휴대전화로 문자메시지 한 통이 전송되었다. 홍 의원이 보낸 문자였다. 짤막한 한마디 문장이 담긴 메시지를 확인한 서희가 고개를 들어 강단을 바라보았다. 결코 서둘지 않는 걸음걸이로 강단에서 퇴장하는 정영문의 뒷모습이 보였다.

2

"많이 힘들었겠구나."

5층 간담회장에서 서희는 한때 자신의 시아버지였던 정영문과 다시 마주했다. 창밖으로 중형 고급 세단이 차례로 빠져나가는 모습이 보였다.

정영문과의 만남을 주선한 건 홍 의원이었다. 홍 의원은 서희에게 이전과는 다른 부드러움으로 대했다. 정영문과 함께여서라는 느낌이 자명하게 들 정도로 그는 서희의 도발적인 대정부 질문 건에 대한 추궁의 의지는 전혀 내보이지 않았다. 정영문의 말을 들은 서희는 무례하지 않은 침묵으로 대응했다. 홍차를 한 모금 마신 정영문이 홍 의원을 보며 말문을 열었다.

"아버지 일에 대해 서희가 제대로 알지 못한 것 같은데요. 그렇지 않습니까?"

"그렇죠. 특히 법안 문제에 대해 말이죠. 가족이라도 말하기 곤란한 일이 있지 않습니까? 특히 공과 사를 구분하는 데 엄격한 김 의원 성격이라면 충분히 그러고도 남을 사안이죠."

서희는 둘을 친구지간으로 알고 있다. 작고한 아버지 김 의원을 포함해서 셋은 같은 대학을 나오고 같은 시기에 학생운동에 투신한 민주화 동지였다. 하지만 정영문은 결코 존대를 포기한 적이 없다. 김 의원에게도 그랬다. 정영문이 다시 서희에게 말했다.

"서희야."

"예."

"결론부터 말하마."

"말씀하세요."

"이번 법안 처리는 네 아버지가 자기 정치 인생을 모두 걸었다고 할 만큼 중요한 사안이었다."

"……."

"일단 법안 처리를 순조롭게 마치고 난 다음에 의혹을 제기하는 게 바람직할 것 같다는 게 내 생각이다."

"아버지는 돌아가시기 한 달 전부터 줄곧 지역구에 계셨어요."

"그랬겠지."

"그게 전 단순히 법안 처리를 원만하게 하기 위한 타협으로는 보이지 않습니다."

"그럴 수도 있겠지."

홍 의원이 삼키듯 말을 줄인 정영문의 기색을 살폈다. 서희는 그 모습을 둘이 눈치채지 않도록 스케치하듯 바라봤다. 홍 의원의 불안해하는 기색이 설핏 서희의 눈에 들어왔다. 그사이 정영문이 말을 이었다.

"홍 의원과 약속하마. 서희, 네가 알고 싶어 하는 의혹에 대해 철저한 진상 조사를 여당 차원에서 시행할 수 있도록 말이다."

"아버님."

"그렇지만 조건이 있다."

홍 의원의 난처해하는 모습에도 아랑곳하지 않고 정영문은 말을 이어나갔다.

"법안 처리를 마무리하고 그 후에 추진하는 걸로 말이다. 국정조사든, 검찰 조사든 어떤 형태로든 접근할 수 있도록 하겠다."

"아버지는 그 법안이 통과되길 원하셨을까요?"

"내가 알고 있는 김 의원이라면 분명 그랬을 것이다."

"……."

"김 의원은 이것이 단순히 법안 하나에 대한 문제가 아니라고 보았어. 국가 전체가 사유화되어가는 자본주의를 근본적으로 견제하고 대한민국이 새로운 경제주체로 세계의 중심에 나설 수 있도록 하는 초석이라고 확신했다. 그 초석을 다지기 위해 피로가 쌓이는 것도 모른 채 뛰어다녔고 결국 그렇게 고통스러운 생을 마감했던 건지도 모르지."

정영문의 말에 홍 의원이 거들었다. 이전과는 다른 부드러운 말투였다.

"문제를 수면 위에 올려 세우지만 않으면 법안 처리는 무난할 거다."

"알겠어요."

의외로 서희가 빠른 반응을 보이자 홍 의원이 오히려 약간 당혹스러워하다 반색했지만 정영문은 표정의 변화가 없었다. 웃는 것도, 화난 것도 아닌 그의 무표정이 서희에겐 때론 위안이 되었던 적도 있었다. 아무 말 없이 기댈 수 있는 오래된 나무와 같은 느낌이었기에 더욱 그랬다. 하지만 지금은 아니다. 서희의 마음 한구석을 아프게 파고드는 전율의 파문을 더욱 확산시킬 뿐이었다.

침묵을 약속한 이후 서희는 그대로 자리에서 일어섰다. 정영문에게 한 가지 묻고 싶은 것이 있었으나 끝내 입 안에 담아두고 말았다. 과연 정영문에게 진상 조사를 약속할 능력이 있는 건지. 만약 있다면 누가, 무슨 근거로 정영문에게 초법적인 권위를 부여할 수 있는지. 그러나 서희는 더는 묻지 않았다. 대신 복도로 나온 순간 휴대전화를 꺼내 들었다. 식은땀이 휴대전화를 쥔 손에서 축축한 질감으로 발출되었다. 연락처를 찾고 버튼을 누르면서 서희는 길고 먼 복도의 끝을 향해 말없이 걸어 나갔다. 대리석 복도와 구두 굽이 부딪칠 때마다 서희의 심장도 함께 뛰었다. 통화 속 상대, 수신인이 전화를 받는 순간 서희는 상훈의 양아버지, 아버지의 둘도 없는 정치적, 사상적 동지였던 사람에게 거짓말을 하게 될 것이다. 마음속 갈등이 계속되었지만 끝내 서희는 전화를 끊지 않았다. 5초 정도의 시간이 지난 후 상대가 전화를 받았다.

"여보세요."

"저…… 김서희 의원이에요."

"예, 의원님."

"부탁한 자료 말이에요."

"준비해놓고 있습니다."

"팩스로 보내주세요."

"사무실 팩스로 보내드릴까요?"

"……."

"여보세요?"

복도 끝, 엘리베이터 앞에 보좌관 양윤수가 대기하고 있었다. 그는 예의 바른 태도로 서희에게 묵례한 후 엘리베이터 버튼을 눌렀다. 양 보좌관의 묵례를 받은 서희가 가라앉은 목소리로 전화 속 상대에게 말했다.

"아니에요. 다른 곳으로 보내주세요."

"다른 곳이라면…… 그럼 명함에 적힌 교수 사무실 팩스로 보내드릴까요?"

"예, 그렇게 해주세요."

3

"무슨 소리입니까? 이게."

"유감스럽지만 통보받은 대로야. 나도 할 말이 없네."

같은 팀 수사계장의 표정을 민서는 자세히 살폈다. 성가신 무언가를 지워내는 악역을 자임한 듯 불편한 기색이 역력했다. 민서는 이 말도 안 되는 원칙의 고수를 무엇으로 설명할 건지 오히려 수사계장의 설명을 듣고 싶었다. 하지만 수사계장은 모든 걸 윗선의 탓으로 돌렸다. 그러고는 원인 제공에 따른 당연한 결과라는 이야기만 지루하게 반복했다.

해능시와 서울을 오간 사흘 동안의 출장을 마치고 경찰청으로 돌아온 민서의 자리에 한 통의 공문이 놓여 있었다. 그건 민서가 광역수사대 근무 규칙을 멋대로 위반한 사안에 대한 페널티 형식으로 하달된, 정보과로의 부서 이동에 대한 건이었다.

뿐만 아니라 시행규칙 위반 사항에 대한 내용이 민서를 더욱 어이없게 했다. '근무지 이탈' '상부 보고 절차 무시' '부하 직원에 대한 직권남용' 등, 듣기만 해도 숨이 막히는 문자 그대로의 규칙 적용이 돋보이는 대목이었다. 공문을 손에 쥔 민서가 수사계장에게 항변하듯 말했다.

"시행규칙대로 따지고 들면 여기 광역수사대 전체가 해체되어야겠네요. 안 그렇습니까?"

그러자 수사계장이 민서에게 등을 보이는 자세로 돌아앉으면서 어리광을 피우듯 말했다.

"난들 알아? 상부에서 지시 내린 거니까 나도 어쩔 수 없어. 씨발, 공무원이 뭐 힘이 있냐? 윗선에서 시킨 대로 움직이는 거지."

"제기랄, 꼭 이럴 때만 공무원 타령이지."

민서가 수사대 사무실 전체를 살폈다. 모두들 민서의 시선을 피했다. 그런 민서에게 문가에서 조심스럽게 손짓하는 이가 보였다. 호규였다.

자리를 벗어나려고 호규가 있는 곳을 향해 걸음을 옮기던 민서에게 수사계장이 조심스럽게 말을 건넸다.

"정보과부터 들러서 출입증 새로 발급받아. 강력계하고 거긴 코드가 다르다고."

"알겠습니다. 명심하죠."

4

"넌 괜찮냐?"

"예. 그런데 이게 어떻게 된 일이죠?"

"몰라. 하지만 확실한 건 누군가 장난치는 것 같다."

민서는 말을 하면서 주위를 살폈다. 호규와 함께 피신하듯 장소를 옮긴 곳은 바로 정보과 사무실이었다. 각자 자기 자리에 앉아 텔레마케터처럼 하루 종일 사무실에서 시간을 보내는 정보과 직원들을 뒤로하고 민서는 호규를 정보과에서도 가장 은밀한 곳이라 할 수 있는 UPSUninterruptible Power Supply실로 데리고 갔다.

민서는 호규가 손에 쥐고 있는 서류 봉투를 낚아채듯 빼 들고서 봉투 속 내용물을 살폈다. 살해 현장을 찍은 사진과 CCTV 기록, 윤곽 정도만 알 수 있는 사건 정황이 담긴 서류들이었다. 민서가 사진과 서류를 살피며 말했다.

"H 오피스텔이라면……?"

"정상훈 씨가 이혼 후 머물던 곳이에요."

"그곳에 거주하던 변호사 최익현이 살해당했다 이건가?"

"CS 그룹 로펌 소속이에요."

"최근 담당한 사건이 뭐야?"

"자세히는 모르겠는데, 그룹 설거지 사건 전문이라고 하나 봐요."

"설거지 건이 구체적으로 뭐야?"

"뭐 있겠어요? 설거지라면 자금 세탁, 아님 산재 문제인데. 최익현은 산재 처리 전문이었어요. 꽤 유능한 걸로 알려져 있었나 봐요."

"연쇄살인의 마지막 표적이겠군."

"마지막요?"

"더 이상 없을 거야."

"그걸 어떻게 확신하세요."

민서는 호규의 말에 답하는 대신 CCTV 화면으로 시선을 옮졌다.

“이게 뭐야? 먹통이잖아.”

“살해 현장이 엘리베이터였는데 CCTV에 찍히지 않았어요.”

“카메라를 훼손했어?”

“그게 아니라 이 오피스텔 말이에요. 용역 계약이 지랄 맞게 되어 있어서 주간 방호대와 야간 근무조가 서로 회사가 다르데요.”

“뜬금없이 그게 무슨 소리야?”

“주야간 회사가 다르다 보니까 CCTV 체계도 묘하게 관리되고 있었어요. 여하튼 테이프 교체 시간이 있어서 매일 저녁 11시 55분에서 12시 사이, 약 5분간은 오피스텔 전체 CCTV가 먹통이래요.”

“그 5분 안에 엘리베이터 안에서 죽었단 말이지.”

“내부자 소행 아닐까요?”

“그렇지. 그것도 정상훈과 가까운 인물.”

“가장 가까운 인물이라면……?”

“이제 거의 다 왔어. 거의.”

민서가 혼잣말을 하듯 답하면서 살인범에 대한 그림을 머릿속에 그리기 시작했다. 이제 용의선상에 올려놓은 스미스와 정상훈과의 연결 고리를 찾는 일만 남았다.

“그런데 빌어먹을.”

“왜 그러세요?”

“호규야.”

"예."

"안타깝게도 난 오늘부터 정보과 직원이다."

"예?"

"네가 전면에 나설 때가 되었단 얘기야."

"전 반장님 없으면 아무것도 못해요."

"아니야. 틀렸어."

"무슨 말씀이세요?"

"너도 형사야."

"……."

"무슨 말인지 알아듣겠어?"

민서가 다시 호규에게 서류를 건네주며 어깨를 토닥였다. 민서는 자신이 정보과로 부서 이동된 것을 오히려 천운으로 생각했다. 정상훈과 스미스의 인적 사항에 관련된 비선 기록이 필요하던 참이었다. 그와 때를 맞춰 정보과로의 전출이라니. 민서는 과연 이 보이지 않는 흐름의 궁극이 무엇인지 알고 싶었다. 그건 단순한 호기심과는 격이 다른 자신이 선택한 직업의 가치 전부를 건 의문이었다.

5

서희가 한 달 만에 다시 대학원 교수 사무실을 찾았다. 미술사학 대학원에서 어느새 서희의 이름으로 된 교수 연구실은 사라졌다. 대신 새롭게 초빙된 연구 교수의 이름이 새겨진 표찰이 문 앞에 부착되어 있었다.

얼굴을 알고 지내던 조교가 다행히 수신자가 서희로 된 팩스를 보관하고 있었다고 했다. 조교 사무실에 들른 서희는 오랜만에 만난 조교에게 몇 마디 형식적인 안부를 묻고는 자리를 벗어나려 했다. 그만큼 서희는 마음의 여유를 갖지 못했다. 무언가에 쫓기듯 거북한 건 실제 상황의 압력 때문이 아닌 상당수 심리적 요인에 기인한 것이기도 했다. 그것은 최근 그녀가 한평생을 살아오면서 가장 심란하게 요동치는 삶의 굴곡을 체감하는 시기였기에 더욱 그랬다.

조교로부터 받아 든 팩스는 워낙 장문이었기에 족히 열 장은 넘어 보였다. 모두 수기로 받아쓴 것들을 복사하여 팩스로 발송한 것이기에 확인하는 데 애로 사항이 있을 것 같았지만 글씨들이 비교적 큼직큼직하게 쓰여 있어 알아보는 데 별다른 어려움이 없었다.

차 안으로 들어온 서희는 실내등을 켜고 팩스 용지에 적힌 글씨들을 확인하기 시작했다. 팩스 내용은 출입 기록이 담긴 일지였다. 작년 11월부터 12월까지의 출입 기록 일지로, 용지 하단부에 프린트된 '우성 조선' 회사 마크가 제법 또렷하게 확인되었다.

우성 조선 공장 내부로 출입하는 외부인에 대한 기록이 적힌 11월과 12월 출입 일지를 서희는 이미 사전에 확인해본 바 있었다. 하지만 그 기록은 총무과에서 일정한 프로그램에 의해 워드로 입력되어 데이터베이스에 남아 있는, 쉽게 말해 외부 공개 문건이었다. 서희는 그 문건에서 별다른 특이 사항을 발견하지 못했다. 워드로 입력된 외부인들은 택배 회사 직원, 정수기 회사 정기 점검원, 냉난방 시설 점검원 등이 전부였다.

하지만 수기로 작성된 기록 일지와 워드로 출력된 일지는 분명한 차이가 있었다. 수기 일지는 우성 조선 공장 입구에서 근무하던 경비원이 직접 적어 넣은 기록이었다. 거기에서 총무과에서 기록한 인물들 중에서 없는 한 사람을 발견할 수 있었다. '박민구'라는 이름으로 기입된 인물로 오전 9시에 출입하여 저녁 5시경에 퇴장하는 일을 반복했다. 우성 조선을 찾은 용무는 '현장 조사'라고 적혀 있었고, 12월 24일 오전 9시에도 출입 확인이 되어 있었지만 당일 퇴실 시간은 명기되지 않았다. 그리고 그 이후로는 박민구라는 이름을 출입 기록에서 찾아볼 수 없었다.

거의 매일 출퇴근하다시피 우성 조선, 좀 더 정확하게는 도료 공장 내부를 드나들었던 박민구라는 인물은 출입 일지의 자필 서명 칸에 충실히 사인을 해놓았다. 박민구의 자필 사인은 일관되게 흘림체로 쓴 한 글자의 한자였다. 글씨를 살피던 서희는 12월 24일까지 계속 적혀 있는 하나의 낱말을 확인하고는 옅은 한숨을 쉬었다.

그때, 한 통의 전화가 걸려 왔다. 발신자 번호를 확인한 서희가 차의 시동을 걸며 휴대전화의 통화 버튼을 눌렀다.

"전화 기다리고 있었습니다."

"김병식 차장입니다. 절 찾으셨다고요."

서희는 잠시 눈을 감았다가 다시 뜨고는 말을 이었다.

"전 정상훈 연구원의 와이프 김서희라고 합니다."

"김서희요?"

"해능시 국회의원이기도 합니다."

"예…… 그런데 무슨 일로?"

"한 가지 여쭙고 싶은 것이 있어서요."

"저도 회사를 퇴사한 지 몇 달 되어서 회사 근황에 대해선 알지 못하는데요."

"근황보다는 정 연구원이 주로 맡았던 프로젝트가 무엇인지에 대해 알 수 있을까 해서요."

"글쎄요. 그건……."

"잘 압니다. 기업 기밀이라는 거. 전 깊은 내막을 알고 싶은 게 아니라 다만 구체적인 방향을 알고 싶어서 그렇습니다."

김병식 차장이란 사람에게서 상훈의 업무 내용을 들을 수 있을 것이라 기대한 데에는 이유가 있었다. 여전히 CS 그룹의 녹을 먹는 다른 직원이라면 어떤 정보도 제공하지 않을 것이다. 그것의 명분은 기업 기밀의 누설 방지겠지만, 실상은 CS 그룹의 구성원이라면 몸에 밴, 마치 습관처럼 서로가 서로를 감시하고 견제하는 하나의 태도였다. 하지만 서희의 정보대로라면 김 차장은 회사로부터 강제 퇴출당한 억울한 상태에 놓여 있었다. 김 차장은 현재 CS 그룹, 그중에서도 자신이 다녔던 계열사 인 CS 화학을 상대로 소송을 준비하는 중이라고 했다. 김 차장에게 CS 그룹에 대해 좋은 감정이 남아 있을 리 없다고 판단한 서희는 그에게서 상훈의 과거 활동 내역을 전해 듣고 싶었다. 회사 기록에 의하면 김 차장은 총무과 소속으로 CS 화학 연구원들의 연구비 지원과 물품 구입을 담당하고 있던 인물이었다.

잠시 침묵하는 김 차장에게 서희가 거듭 말했다.

"피해가 가는 일 없을 거예요. 약속드리죠."

"글쎄요. 제가 지금 소송 중이라서……."

"전 현직 국회의원입니다. 권력을 남용하자는 건 결코 아니지만, 그 정도는 약속할 수 있어요."

"정 연구원님은 말이죠."

"말씀하세요."

"독자적인 연구를 하셨어요. 이를테면 팀 프로젝트와는 전혀 다른, 별개의 프로젝트를 연구하셨죠."

"어떤 연구죠?"

"생화학 물질에 관계된 연구였는데, 그 이상은 모르겠어요. 아마 다른 연구원들도 잘 모를 거예요. 알아도 잘 알려주지 않을 테고."

"듣기로는 차장님께서 실험에 관계된 약품의 수입, 통관 관리를 전담하셨다고 들었어요."

"그랬죠."

"상훈 씨가 취급하던 약품도 조달하고 관리해주신 건가요?"

"많지 않았어요. 정 연구원은 저희 총무과를 통해 실험 지원을 받지 않고 비선 라인을 통해 지원받았다고만 들었거든요."

"어떤 약품인지 알 수 있을까요?"

"제가 조달한 실험 약품만이라도 말씀드릴까요?"

"예, 말씀해주세요."

"매스막시옴이라는 응용화학 약품인데 화학 시료의 일종이죠."

"혹시 주성분 원료 중에 일반인이 알 수 있는 성분이 있나요?"

"음."

서희의 질문을 받고 잠시 생각하던 김 차장이 이내 말문을 열었다. 그 상황에서도 서희의 시선은 팩스 용지에 적힌 박민구란 이름의 자필 서명으로 향해 있었다.

"COCl2."

"예?"

"사린이라고 들어보셨어요?"

"사린 가스 말씀하시는 건가요?"

"예. 몇 년 전 일본의 한 신흥종교 단체가 지하철에 살포한 것으로 유명해진 화학물질이죠."

"맹독성 가스 말인가요?"

"그거야 살상 무기로 사용할 때 그런 것이고요. 물론 정 연구원은 소정 물질을 취급할 수 있는 라이선스를 가진 연구원이었습니다."

"그랬군요."

"독성 화합물이라 해서 모든 게 살상용은 아닙니다. 자동차 헤드라이트 원료로도 사용되고 공업 물질 개발에 사용되기도 하죠."

김 차장은 정 연구원이 독성 위험물을 취급했다는 사실을 완화하기 위해 변명의 의미가 담긴 말들을 반복했다. 하지만 서희에게 더 이상 김 차장의 말은 귀에 들어오지 않았다.

통화를 끝낸 서희는 팩스 용지를 조수석 위에 올려놓았다. 그러고는 자신의 몸을 운전석 깊숙이 파묻고 눈을 감았다. 눈을 감았지만 머릿속에서는 팩스 용지에 적힌 자필 서명의 한자 한 낱말이 집요하게 원을 그렸다.

일관되게 흘려 쓴 한자는 '勳훈'이었다. 서희는 그 한자를 분명히 기억하고 있다. 그 한자는 바로 자신의 전남편 상훈의 이름에 쓰인 글자였다.

6

정보과 동료 최수철을 통해 입수한 정보는 민서가 강력계에 있을 때 얻어낸 것보다 훨씬 더 구체적이었다. 강력계에서 접근할 수 있는 정보 영역은 국내 동종 혹은 유사 범죄자에 대한 전과 기록, 위치 추적 정도가 고작이었다. 해외에 적을 두고 있는 인물이나 교포인 경우 신변에 관련된 피상적인 정보는 취득할 수 있겠지만 보다 내밀한 정보, 이를테면 현지에서의 활동 내역을 알기란 매우 어려웠다. 더구나 혐의가 의심되는 용의자가 미국 거주민이라면 이야기는 한층 더 복잡해진다.

최수철이 처음 민서의 요청을 받았을 때 난색부터 나타낸 이유가 바로 그랬다. 스미스, 한국 이름 길승호로 알려진 인물의 한국에서의 활동 사항은 민서의 추적만으로도 충분히 파악된 상태였다. 한국에서 학원 강사로 활동한 이력이 비공식적으로 발견되었으며, 사회시민대학 같은 시민 단체에서 봉사 수준에 가까운 실비를 받아가며 영어 강사로 활동했다는 사실, 거기에 스미스가 동성애자로서 수많은 파트너와 스와핑을 모티브로 한 클럽 파티를 주도했으며, 급진적 아나키즘을 선호하는 과격주의자다운 모습이 드러난 글들을 남겨놓았다는 것 정도가 민서가 알고 있는 길승호의 국내 활동 내역이었다.

하지만 최수철이 미국 대사관의 협조를 통해 얻어낸 정보들은 훨씬 더 심층적인, 더 나아가 민서의 심증을 더욱 견고히 하는 핵심에 가까운 증거들이었다.

미국 스탠퍼드 출신인 길승호는 외과 전공의 의학도였다. 그는 외과에서 실제 견습의로 활동하기도 했으며, 대학원 내에서 봉합 시술 의료 행위의 우수함을 인정받아 장학금을 받기도 했다. 이러한 이력을 찾아냈을 때 민서는 희생자들의 사인과 관련된 연결 고리를 떠올리지 않을 수 없었다. 특히 장국현 부장과 최익현 변호사의 죽음은 더욱 그랬다.

'날카롭고 예리한, 메스와 같은 흉기로 인해 급소 출혈 발생.

이로 인한 급사.' 두 사체의 부검 결과, 결론적으로 제시된 사인이 동일했다. 사실 의학도가 아니면 메스를 다루는 사람은 결코 흔하지 않다. 더구나 어떤 부위에 출혈이 발생할 경우 급사하는지 알 수 있는 사람은 인체의 생리에 대해 정통한 외과 의사 외의 다른 직업군에서 찾기 어려웠다. 이런 이유로 민서는 길승호의 전공에 주목하지 않을 수 없었다.

이와 함께 민서의 풀리지 않는 의문에 실마리를 제공할 결정적인 단서 하나가 수면 위로 떠올랐다. 재미 교포였던 길승호는 한국에 오기 전 의료봉사 활동을 자주 나갔던 것으로 드러났다. 그에 대한 정보는 길승호의 친구로 보이는 교포의 페이스북을 통해 접할 수 있었다. 민서는 봉사 활동 중 찍은 사진 속에서 길승호와 교포 2, 3세들이 단체로 착용한 티셔츠와 가방에 붙어 있는 로고에 주목했다. 일관되게 단체복만 입지는 않은 탓에 어떤 사진은 평상복과 뒤섞어 입은 모습으로, 또 어떤 사진엔 아예 사복 차림으로 등장하지만 가방은 달랐다. 대형 배낭으로 보이는 가방 전면 하단에 단체명과 함께 로고가 찍혀 있었는데, 그것이 유독 민서의 시선을 잡아끌었다. 민서가 사진 속에 노출된 단체의 이름을 주억거리자 최수철이 부연해주었다.

"New Work Communion?"

"번역하면 '새일회의' 정도 되겠네."

"보통 미국 사회에서 봉사 활동은 교회 차원에서 주도하는 걸로 알고 있는데 이 친구들 봉사 활동 후원 단체는 조금 특별해 보여."

"어떤 점에서?"

"사진을 봐. 길승호와 비슷한 점이 보이지 않아?"

"모두 재미 교포로 보인다는 것 외에는 특별하지 않은데."

"길승호 부모는 모두 백인이야."

"입양아란 말인가."

"절반은 그렇지."

"무슨 말이야?"

"아이다호주 정보 공개에 의하면 스미스는 열세 살 때 파양되었어."

"그게 가능한가? 열세 살이면 다 자란 나이잖아."

"이유는 잘 모르겠어. 어찌 됐든 법적으론 파양 절차를 밟은 걸로 되어 있지."

"파양되면 부모가 없는 거 아닌가? 그런데 길승호는 의과대학까지 다닌 걸로 되어 있어."

"후원 단체가 없으면 불가능에 가까운 일이지."

그렇게 말한 최수철이 빠른 속도로 새로운 인터넷 주소를 입력하고는 엔터 키를 눌렀다. 그러자 온통 붉은빛을 띤 바탕 화면에 'New Work Communion'이란 단체명과 함께 민서의 시선을 온통 잡아끌었던 로고가 눈에 들어왔다. 최수철이 말했다.

"아마 이곳이 틀림없을 거야."

"접속해봐."

"불가능해."

“무슨 말이야?”

최수철이 이를 보여주기라도 하듯 클릭 버튼을 눌렀지만 그럴 때마다 ‘Password Error’란 메시지만 반복될 뿐 메인 화면으로 전환되지 않았다.

“회원들만 사용할 수 있도록 록을 걸어놨어. 전문가 프로그램을 사용했는지 해킹도 쉽지 않아.”

“그렇겠지.”

민서가 바탕 화면에서 반복해서 깜빡거리는 로고를 가리켰다. 최수철이 물었다.

“어때? 뭐 좀 짚이는 거 있어?”

“짚이는 정도가 아니라 거의 확실해. 이 로고.”

민서가 내내 주목하던 로고는 크게 별다른 것은 아니었다. 오히려 평범했다. 두 개의 별이 나란히 자리하고 그것들을 큰 원이 감싸고 있는 모양이었는데, 민서가 주목한 건 원 안에 담겨 있는 두 개의 별이었다.

민서는 똑똑히 기억하고 있다. CS 그룹 특별 공로자들에게만 수여하는 반지의 엠블럼 역시 두 개의 별이 커다란 CS 로고 안에 에워싸인 모습이었다. 최수철이 그런 민서 옆에서 몇 마디 더 부연했다.

“이 새일회의란 단체는 파양 교포들을 후원하고 돌보는 정도의 단체로 보여. 우리나라 대기업들이 전 세계에서 파양된 아이들을 후원하는 단체에 일정량 기부하는 것으로 알고 있는데.”

“그중에 CS도 포함되어 있겠지.”

"말이라고. 재계 1순위 기업인데 뭐든 안 하면 비난의 표적이 되겠지."

"그림은 그려지는데 화룡점정의 점이 없어."

"무슨 소리야?"

"동기가 없어, 동기가."

민서가 고개를 가로저었다. 그때 문자메시지 한 통이 전송되었다. 한눈에 봐도 익은 발신자 번호, 김서희의 번호였다.

우성 조선 출입 기록 입수했어요.

반가운 마음에 민서는 문자를 확인하는 즉시 통화 버튼을 눌렀다. 신호음이 한 번 울린 다음 갑자기 낯선 기계음으로 전환되면서 통화할 수 없다는 안내 멘트가 흘러나왔다. 석연치 않은 표정으로 민서가 종료 버튼을 누른 다음 다시 서희의 번호로 통화 버튼을 눌렀다. 그러자 이번엔 별도의 신호음 없이 바로 안내 멘트가 송출되었다. 민서는 자신도 모르게 자리에서 일어섰다. 최수철이 물었다.

"왜 그래?"

"신호가 가다가 통화할 수 없다는 안내 멘트로 전환되는 건 어떤 경우지?"

"그거야 상대가 수신 거부를 한 거겠지."

최수철의 말을 들은 민서가 이번에는 문자메시지를 남겼다.

통화가 곤란한가요? 그럼 문자 주세요.

그러나 30초, 1분이 넘도록 답신은 오지 않았다. 그사이 민서는 정보과 사무실을 벗어나 경찰청 정문까지 나와 있었다. 계단을 내려오는 동안 세 번이 넘는 전화 통화 시도와 문자메시지의 반복 전송에도 불구하고 서희에게서는 아무 반응이 없었다. 경찰청 입구에서 민서는 이번에는 다른 번호로 전화를 걸었다. 호규였다.

"나야."

"예, 반장님."

"내가 불러주는 번호 위치 추적이 가능한지 한번 확인해봐."

"제가요? 저 아직 그럴 짬밥이 안 되잖아요."

"지금 짬밥 타령할 때가 아니야! 잘 들어."

"말씀하세요."

"난 차에서 대기하고 있을 거야. 내가 말해준 번호가 위치 추적이 가능하다면 전원을 꺼놓지 않았다는 걸 의미하겠지?"

"그렇죠."

"그래. 만약 위치 추적이 가능하면 바로 나한테 그 위치를 알려줘."

"혼자서 움직이시려고요?"

"필요하면 지원 요청할게."

"도대체 무슨 일이에요, 반장님?"

"제대로 걸린 것 같아."

"누가요?"

"스미스."

7

민서에게 문자메시지를 전송한 직후 서희는 단문의 메시지 한 통을 받았다. 문자메시지를 확인하는 순간 서희는 자신이 하던 모든 행위를 중단할 수밖에 없었다.

엠파이어 호텔 1204호. 외부와 연락 시 정상훈의 안전은 보장 못 함.

발신 번호 표시가 제한된 문자메시지 내용을 확인한 서희는 망설일 수밖에 없었다. 메시지의 내용대로라면 상훈이 살아 있다는 희망을 지워버릴 수 없었기 때문이다. 그와 동시에 서희의 눈과 정신을 사로잡은 건 '외부와 연락 시'라는 구절이었다. 그러나 이미 한 통의 문자메시지를 전송한 상태. 아니나 다를까, 메시지를 전송한 지 1분도 지나지 않아 민서에게서 전화가 오기 시작했다. 전화를 받아야 하는가. 과연 자신이 지금 이 순간 외부인과 연락하는 것을 누가 감시하고 있단 말인가. 서희는 차 안이었고 한강대교를 건너고 있었다.

서희는 본능적으로 차 안팎을 예민하게 살폈다. 늦은 저녁,

깊은 어둠 속에서 서희의 차량 내부와 외부를 밝히는 건 주위 차량들의 헤드라이트 불빛뿐이었다. 하지만 그 어떤 것도 확신할 수 없는 상황이었다. 민서가 제시한 증거만 본다면 상훈은 이미 토막 난 사체가 되었을지도 모른다. 하지만 민서에게 연락하려는 그 찰나에 기다렸다는 듯 전송된 문자메시지에는 분명 상훈의 안전이란 말이 적혀 있었다. 그때 휴대전화 진동음이 들렸다. 망설임 끝에 서희는 무언가를 결심한 듯 휴대전화를 들었다. 그녀는 통화 버튼을 누르는 대신 취소 버튼을 눌렀다.

민서로부터 전송된 한 통의 문자메시지. 그러나 서희의 휴대전화는 이미 그녀의 손을 벗어나 조수석 위로 함부로 내던져진 뒤였다. 그녀는 한강대교를 건너자마자 엠파이어 호텔이 있는 남산으로 방향으로 틀었다.

8

엠파이어 호텔 1204호. 문은 가느다란 빛이 새어 나올 만큼만 열려 있었다. 손가락 하나 밀어 넣을 수 있을 정도의 미세한 틈. 누군가의 부주의도, 도어록의 고장도 아니었다. 심야의 방문자를 맞이하기 위해 의도적으로 열어놓은 것이다.

놀랍게도 서희는 두려움이 휘발된 상태였다. 그녀는 민서의 연락도 무시한 채 발신 번호도 제한된 문자메시지대로 이곳까지 달려왔다. 그녀가 문자메시지를 확인한 뒤 엠파이어 호텔 1204호실 앞에 도착하는 데 걸린 시간은 채 30분이 되지 않았다.

열린 문 앞에서 서희는 아무것도 생각할 수 없었다. 오직 확인해보고 싶은 마음뿐이었다. 상훈의 현재 모습을 알고 싶었다. 단지 3년 동안 한집에서 함께 살았던 사람에 대한 연민 혹은 염려일까. 서희는 자신의 마음을 단정할 수 없었다. 그녀는 하나의 감정에만 충실할 수밖에 없었다. 상훈의 현재를 확인하고 싶은 마음, 그 열망 하나로 서희는 조심스럽게 문을 밀고서 1204호 안으로 들어섰다.

내부는 VIP 룸답게 화려했다. 서희는 한 걸음씩 조심스럽게 발걸음을 옮겼다. 입구를 지나 거실 안으로 들어서자 서울의 야경이 한눈에 들어왔다. 테이블 위에는 영자 신문이 펼쳐져 있고, 그 옆에 피우다 만 담배와 뚜껑이 열린 '짐 빔Jim Beam' 한 병이 보였다. 하지만 사람은 보이지 않았다.

거실을 둘러본 서희가 순간 침실 쪽으로 눈을 돌렸다. 미세하지만 분명한 소리가 들렸다. 규칙적으로 떨어지는 물방울 소리였다. 서희의 몸이 제 의지와는 상관없이 침실 안에 마련된 욕실로 움직였다. 침실 안, 반투명 유리로 가려진 욕실은 거대한 욕조의 실루엣을 드러내고 있었다. 그리고 사람의 형체로 보이는 무언가가 욕조의 실루엣과 조화를 이루었다. 물소리가 규칙적으로 계속해서 들려왔다. 방금 샤워를 끝냈거나 아님 일부러 소리를 내기 위해 샤워를 했거나 둘 중 하나였다. 그녀의 발걸음이 욕실 앞에서 멈췄다. 자동문이 열리고 곧이어 욕실 내부가 드러났다. 욕실 안은 지나칠 정도로 환했기 때문에 불필요한 곳까지 주시할 수밖에 없었다.

과시적인 느낌을 주는 화려한 디자인과 비대한 크기를 자랑하는 듯한 욕조, 그리고 백색 대리석 벽 곳곳에 사정없이 튄 핏방울의 흔적들이 서희의 눈에 먼저 뜨였다. 그녀는 자동문이 열리는 순간 피의 흔적을 확인했고 눈을 영원히 감아버리고 싶을 만큼 참혹한 장면과 마주해야 했다. 제법 시간이 지난 듯 보이는 피의 흔적이 참혹한 것이 아니었다. 참혹의 실체는 욕조 바로 옆 천장 전등 지지대에 두 팔이 묶인 채로 매달린 한 사람의 몸이었다. 물론 살아 있는 상태는 아니었다. 죽어 있음을 부정할 수 없는 흔적이 서희의 눈으로 가혹하게 파고들었다. 두 손이 묶인 채 매달려 있는 사체는 형체를 알아볼 수 없을 정도로 훼손된 상태였다. 오른 손목이 잘려 나갔으며, 오른 발목 역시 마찬가지였다. 심장과 장기들이 정교한 솜씨로 파헤쳐진 채였는데, 도려낸 배 속에 검붉은 핏방울이 응고된 채로 매달려 있었다. 그리고 무엇보다 서희를 경악하게 만든 건 사체의 목이었다. 머리가 보이지 않았다. 잘려 나간 것이다.

믿을 수 없는 참혹의 한복판으로 서희는 도리어 한 걸음 더 다가갔다. 벌거벗은 몸을 좀 더 정확히 확인해보고 싶었다. 이게 과연 상훈의 몸인가. 서희는 고개를 가로저었다. 하지만 그녀의 명징한 정신과 시야는 한사코 자신에게 분명히, 선고하듯 말하고 있었다. 조각난 파편과도 같은 흔적일지라도 지금 이

몸의 주인은 상훈이라고, 상훈일 수밖에 없다고 말해주고 있었다. 잔인한 일깨움이었다.

주저앉을 것 같은 순간, 서희를 일순 경직되게 만든 건 그녀의 등 뒤에서 들려온 하나의 소리였다. 사람의 소리, 굵직하고 허스키한 남자의 음성. 놀란 서희가 몸을 돌려 침실 문가를 확인했다. 남자는 문에 등을 기대고 서 있었다. 한 손엔 담배, 다른 한 손엔 술병을 쥔 채로.

"바로 오셨네요."

9

"확인해드릴 수 없습니다."

프런트 직원의 태도는 완고했다. 민서는 평소에 즐겨 쓰던 방법, 광역수사대 수사반장이란 공적 직함을 이용해 진입을 시도하려 했으나 칠성급 호텔에서는 제대로 먹히지 않음을 실감해야 했다. 뒤늦게 도착한 호규는 당황스러워했고 민서는 호규에게 거듭 확인하듯 물었다.

"여기가 확실해?"

"맞아요. 위치 추적이 가리키는 곳이 남산 중심인데, 남산타워나 남산 도서관이 아니라면 이곳뿐이에요."

곧이어 정문 쪽에서 한차례 요란한 사이렌 소리가 울렸다. 호규가 호출한 기동타격대 병력은 예상보다 많았다. 고작 한 사람인데 이런 호들갑인가 하는 생각도 들었지만 완고하게 버티는 프런트 직원 앞에서 나름 전시효과가 있다고 확신한 민서가 내친김에 더 급진적으로 나가기로 결심했다. 마침 프런트 직원을 향해 호텔 지배인이 다가오는 중이었다. 민서는 직원에게 위협하듯 말했다.

"테러 가능성이 있는 사람이오. 총기류뿐만이 아니라 사제 폭탄까지 보유하고 있을 수 있어. 그래도 규정 운운할 거요."

폭탄과 테러, 이 두 단어가 지배인과 프런트 직원에게 위압으로 다가온 모양이었다. 프런트 직원이 지배인을 난처한 표정으로 바라봤고 지배인은 민서와 주위에 모여든 중무장한 경찰 병력의 기세를 확인하곤 직원에게 가볍게 눈짓했다. 그 눈짓을 자신의 요구에 대한 수락 의사로 알아들은 민서가 다급한 목소리로 물었다.

"길승호 혹은 스미스란 이름을 사용한 투숙객을 조회해줘요."

직원의 두 손은 어느새 출입 관리 PC의 키보드를 조작하고 있었다.

"VIP룸까지 모두 포함해서 말인가요?"

"물론."

잠시 후 화면을 살핀 직원이 가볍게 고개를 가로저으며 말했다.

"그런 이름으로 체크인 된 룸은 없는데요."

"없어?"

'없다'는 말이 나오자 호규가 다소 실망한 목소리로 민서에게 속삭이듯 말했다.

"실명을 사용하지 않았을 수도 있잖아요."

민서는 궁지에 몰린 형편이 되었다. 연쇄살인범 검거란 말에 실적에 굶주려 있던 수사대 팀원 전부에다 기동타격대 병력 지원까지 받은 상태에서 그대로 철수하게 될 경우 그 문책을 고스란히 신참 형사 호규가 감당해야 했기 때문이다.

"그렇겠지. 하지만 말이야."

"하지만?"

"처음부터 이 게임은 결과가 주어진 느낌이야. 사건을 처음 접했을 때부터 그랬어."

"무슨 말씀이세요?"

"게임을 고안한 녀석이 벌인 이 판 말이야. 마지막엔 꼭 자폭할 것 같은 느낌이라고."

순간 민서는 머릿속에서 찰나의 섬광처럼 떠오르는 이름 하나를 입 밖으로 던졌다.

"정상훈."

"예?"

"정상훈이란 이름으로 조회해봐요."

민서의 말이 끝나자마자 조회가 이루어졌다. 이번엔 어렵지 않게 답이 나왔다. 그 답을 말한 것은 프런트 직원이 아니라 지배인이었다.

"정 연구원님은 1204호에 계십니다."

"확인해보지도 않고 어떻게 알죠?"

"그곳에 벌써 수개월째 장기 투숙 중입니다. 더구나 12층은 CS 외국 바이어들이 주로 묵는 곳이거든요."

"잘 들으세요. 지금부터 호텔 엘리베이터와 진입로 전체를 폐쇄합니다. 혹시라도 충격이 생길 경우 안내 방송을 하세요. 처음부터 소란 피우지 말고요."

민서는 치밀했다. 수색영장이나 그 외 사전 절차가 전혀 존재하지 않는 상태에서 벌이는 범인 검거 작전이다. 만에 하나 범인이 현장에 없거나 잘못 짚은 경우 그 책임을 고스란히 민서가 아닌 자신의 후배 호규가 감당해야 할 상황이었다. 민서는 지배인에게 사태에 대한 안내 방송을 정확히 10분만 늦춰달라는 부탁을 남기고는 엘리베이터를 향해 빠르게 걸음을 옮겼다. 민서의 뒤를 기동타격대와 광역수사대 팀원들이 따랐다. 강력계 사무실 출입 코드가 없어도 그는 여전히 강력 2팀의 팀장이었다.

10

"앉아요."

"……."

"앉으세요."

상대의 지나친 예의 바름이 오히려 서희를 극한의 긴장 속으로 몰아넣었다. 평범한 얼굴의 한국인, 이십대 후반 혹은 삼십대 초반 연령대로 추정되는 남자는 서희를 침실에서 데리고 나왔다. 손을 붙잡은 것도, 별다른 억지가 작용한 것도 아니었다. 단지 남자의 한마디 말이 강력한 인력引力처럼 서희를 남자가 움직이는 곳까지 따라나서게 했다.

남자는 거실 의자에 앉았다. 그러고는 서희에게 마주 앉을 것을 권했다. 한참을 망설였지만 결국 서희는 그와 마주 앉을 수밖에 없었다. 서희는 온몸이 경직되었지만 필사적으로 태연함을 유지하려 했다. 이렇게라도 하지 않으면, 필사의 억지를 동원해서라도 자신을 통제하지 않으면 지금 이 순간 그대로 정신을 잃을지도 모른다는 공포심 때문이었다.

남자는 창밖으로 서울의 야경을 지켜보았다. 야경을 응시하면서 담배 한 모금을 깊게 빨아들였다. 남자의 옆모습을 흔들리는 눈빛으로 노려보던 서희가 입을 열었다.

"저 사람한테……."

최대한 억제하고 있지만 그녀가 내뱉은 말속에는 숨길 수 없는 분노와 전율이 깊게 스며들어 있었다. 남자가 서희를 바라봤다. 남자의 입에서 희뿌연 담배 연기가 뿜어져 나왔다.

"무슨 짓을 한 거야?"

"……."

"왜?"

"……."

"도대체 왜?"

서희는 분노를 억제하지 못했다. 이 순간 자신을 마주하고 앉은 이가 광역수사대 민서가 말한 대로 희대의 연쇄살인마라는 사실은 전혀 중요하지 않았다. 공포도, 두려움도 일순간 분노의 화마에 휩쓸려 전소되고 없었다. 지금 그녀에게 남은 건 마르고 건조한 분노뿐이다. 남자는 서희를 무표정하게 지켜보았다. 이해할 수 없는 진정성이 배어 있는 눈빛이었다. 그 눈빛을 대하는 서희의 시야는 더 이상의 평심을 유지하지 못하고 본능에 이끌리듯 흔들렸다. 남자가 말했다.

"결혼식 때 뵈었죠."

"뭐?"

"상훈과 함께 찍은 마지막 사진이 당신과 함께했던 피로연 사진이었습니다."

"당신…… 누구야?"

무표정한 주시. 서희는 남자의 얼굴을 보며 사유의 정지를 실감해야 했다. 남자의 진정성은 곧 호소의 욕구였다. 무언가를 쏟아붓기 위해서, 말하지 않으면 견딜 수 없는, 생의 모든 것들을 제물로 삼은 호소. 그러나 정작 남자의 호소는 경고요, 일방적인 폭로가 아니었다. 질문이었다. 남자의 침묵은 서희에게 이렇게 묻는 것 같았다.

'도대체 우리는 왜 이래야 하는 거죠?'

그에 대한 답을 서희는 여전히 알지 못했다. 상훈이 실험했다는 약품의 진위도, 그 실험을 강행한 장소가 어째서 우성 조선이어야 했는지에 대해서도. 무엇보다 어째서 이 남자가 상훈을 살해하고 그의 사체를 훼손해야 했는지. 두렵지만 결코 피할 수 없는 의문의 여진이 계속되는 시점에서 남자가 조심스럽게 테이블 위에 무언가를 올려놓았다.

검은색 선물 케이스였다. 고급 선물 케이스를 올려놓는 남자의 손 역시 미세하지만 분명하게 떨리고 있었다. 남자가 말을 이었다. 미세한 손의 떨림과 마찬가지로 남자의 목소리 또한 떨리고 있었다.

"열어보세요."

"내가 왜 이걸?"

"손과 발 그리고 귀. 모두 상훈의 것입니다."

"……미쳤어."

"손으로는 무언가를 썼고 발로는 움직였습니다. 그리고 귀로 들었죠."

"……."

"열어보세요. 이제 무슨 차례인지."

남자는 더 말하지 않았다. 서희도 더 묻거나 거부하지 않았다. 그녀는 남자가 올려놓은 검은색 선물 케이스를 열었다. 순간 입을 다물었고, 케이스 안에 담겨 있는 실체 앞에 그녀의 시선이 멈춰버렸다. 시간도 동시에 멈춰버렸다. 케이스 안에는 정교하게 도려낸 입이 보관되어 있었다. 핏물이 엉겨 있는 유난히 하얀 치아도 함께였다.

"전 전달자입니다."

"……."

"상훈이 남긴 메시지를 전달하죠. 특히 입은……."

"……."

"입은 무언가를 말한다는 의미입니다. 누구한테 무엇을 말하려 하는지 알아내는 것은 서희 씨의 몫입니다."

들끓어 오르는 분노와 미쳐버릴 것 같은 의문이 함부로 발가벗겨진 기분이었다. 그런 그녀에게 남자가 또 다른 극적인 행동을 보여주었다.

남자는 도려낸 상훈의 입이 담긴 케이스만 올려놓은 게 아니었다. 케이스 옆에 나란히 놓아두었던 보라색 포장지에 싸인 물건도 함께 펼쳐 보였다. 총이었다. 순간 섬뜩한 기분이 서희의 온몸을 파고들었다. 남자가 총을 집어 들었을 때 그녀의 몸은 일순간 경련을 일으켰다. 하지만 그녀는 앉은 자세 그대로 부동의 상태에서 벗어나지 못했다. 남자는 들고 있던 총을 서희 앞에 다시 내려놓았다.

"안전장치와 총알, 모두 준비된 상태입니다."

"무슨…… 말이에요?"

"방아쇠를 당기기만 하면 됩니다."

"지금…… 나보고 당신을 죽이라는 건가요?"

"그것이 당연한 순리입니다."

"순리라고?"

"전 상훈을 죽였습니다. 상훈의 요청에 의한 거지만, 그래서 상훈은 희생자가 되었지만, 덕분에 전 유다가 되었습니다. 직접 손에 피를 묻힌 유다가 되었죠. 제가 죽을 수밖에 없는 이유는 충분합니다."

"거짓말하지 마. 상훈 씨가 자신을 죽여달라고 부탁했다고?

그걸 지금 나보고 믿으라는 거야?"

"믿든 안 믿든 진실은 변하지 않습니다. 또한 변하지 않는 건 내가 당신에게 심판받을 수 있다는 사실이겠죠."

남자의 진지함이 극에 달했다. 그 모습은 차라리 숙연하기까지 했다.

서희가 총을 집었다. 그러고는 남자를 향해 총구를 겨누었다. 실탄이 담긴 총이 자신의 이마를 정조준하고 있음에도 남자의 얼굴은 상식으로는 이해할 수 없는 어떤 지점에 정박한 듯했다. 미동조차 없는 표정에서 서희는 불현듯 남자가 어쩌면 이계異界의 괴물일지도 모른다고 생각했다. 그 순간 한 사람의 다급한 목소리가 모호해지는 환각의 심판대로부터 서희를 각성시켰다.

"그만둬요."

서희가 소리 나는 쪽을 바라보았다. 열려 있는 1204호 안으로 기동타격대를 앞세운 민서가 들어왔다. 타격대원들과 형사들이 꺼낸 총이 일제히 남자를 겨냥했다. 민서는 총을 집어 든 서희에게 여전히 다급한 목소리로 말했다.

"그를 여기서 죽이면 아무것도 알아내지 못해요."

"무언가를…… 그렇게 알아내야 하는 건가요?"

"의원님."

"중요한 건 상훈 씨가 죽었고, 끔찍하게 상훈 씨를 살해한 살인마가 지금 제 눈앞에 버젓이 살아 숨 쉬고 있다는 거예요. 그리고 전 지금 그 살인마가 쥐여준 총을 들고 있고요."

"정상훈 씨가 죽음을 통해서라도 말하고 싶었던 게 있어요. 의원님께 말이에요."

"……."

"저 녀석을 죽이면 아무것도 알아낼 수 없어요. 그게 과연 고인이 원하던 바였을까요?"

"그래도 난 이 살인마를 용서할 수 없어요."

서희가 다시 한번 남자의 이마를 향해 총구를 겨누었다. 남자가 서희를 올려다보았다. 간절한 눈빛. 누가 보아도 쉽게 뿌리치기 어려울 정도의 강렬한 간절함이 담긴 눈빛이었다. 남자가 말문을 열었다. 낮게 가라앉은, 비장함으로 무장된 음성이었다.

"전 결국 죽습니다."

"……."

"그러니 어서."

"결국 죽는다고?"

"그렇습니다."

"죽는다고?"

"……."

"죽는다고?"

서희가 총구를 거두었다. 순간 남자의 얼굴이 일그러졌다. 서희의 총구가 바닥을 향하는 순간 민서가 손짓을 했다. 신호를 받은 중무장한 타격대원들이 단숨에 남자를 향해 달려들었다. 남자를 카펫 바닥에 눕히고는 수갑을 채웠다. 그는 그 어떤 반항도 하지 않았다. 단지 허망하고 안타까운 눈빛으로 서희를 올려다볼 뿐이었다. 서희는 자신을 바라보는 남자의 눈빛을 피하지 않았다. 남자를 노려보면서 머릿속을 맴도는 불온한 한 가지 사념을 거부하지 못했다. 남자의 눈빛을 끝없이 저주해야 할 살인마의 눈빛으로 받아들이지 못하게 하는 사념이었다. 남자의 간절함은 불가항력에 가까운 힘이었다.

'그이도 그랬을까? 상훈도 남자에게 지금처럼 간절한 호소의 눈빛으로 자신을 죽여줄 것을, 자신의 사지를 훼손해줄 것을 원했던 것일까? 도대체 왜?'

종교, 입을 열어 진실을 말하다.

A. 선각자와 짐승을 구분하지 않은 상태에서 주장해온 인류 평화는 모든 이들이 다투지 않는 절대적 평온 상태에 대한 열망이네. 서로 양보하고 의견의 다름을 용인하는 등, 정반합의 과정을 거쳐 최상의 대안을 도출해내는 잠정적 진보. 이러한 평화 실현에 있어 결정적으로 인권의 범주를 재구성할 필요가 있지.
어떤 재구성을 말하는가. 간단하게 자연의 일부이자 짐승인 사람은 일단 인권의 범주에서 제외하고 시작하는 거야. 새로운 패러다임으로 본 평화는 신을 향한 욕망에 눈을 뜬 선각자로서 인류의 계급 질서를 재편하도록 요구하지. 짐승인 사람에게까지 인권을 부여할 경우 또다시 세계는 혼란스러운 약육강식의 질서로 후퇴할 수밖에 없어. 그게 오늘날 지구촌에서 벌어지고 있는 모순의 연속이며, 국가, 민족, 정치를 신뢰할 수 없는 이유이네.

Q. 국가, 민족, 정치를 신뢰할 수 없는 이유는 무엇입니까?
A. 국가, 정치, 민족을 운운하는 사람들은 자신이 짐승으로서의 사람과 다르다고 생각하네. 하지만 그들은 진실을 은폐하고 진실을 진실이 아닌 것으로 믿으려 하지. 짐승인 사람들에게 인권, 주체성, 민족을 강조해서 그들을 선동하고 인류로 살아가라고 강요하는 것이네. 대의민주주의가 대표적인 악용 사례로 볼 수 있지. 민주주의는 언뜻 보면 인간 존엄을 우선하는 것처럼 보이지만 실상은 추악한 패륜적 이념이네. 짐승에게 인권을 허락해봐. 그 세상은 약육

강식의 생태계 질서만도 못한 공멸의 불 못에서 벗어날 수가 없어.

Q. 민주주의 자체의 재구성이 필요하다는 말씀이신가요? 어렵습니다.

A. 자연을 생각해보게. 인류는 자연의 일부야. 하지만 인류는 자연의 무의미가 감당하지 못하는 신성의 의미를 감지하지. 이게 바로 인류의 존엄이야. 그런데 이 존엄을 자각하는 선각자는 많지 않아. 물리적인 숫자로도 소수야. 종교의 수많은 경전들, 제2 성서, 코란, 화엄경 등의 경전을 읽어보게. 대의적으론 모든 사람이 깨달을 수 있다고 선전하지만 그건 포교를 위한 목적일 뿐이야. 참귀로 듣고 참입으로 말하고 참손과 참발로 일하는 인류는 결코 많지 않네.

Q. 그런 인류를 찾아내는 방법이 무엇입니까?

A. 바로 기업이지. 기업은 눈이기 때문이야.

24000059 30~31P

1

"믿을 수 없어요."

"……."

"믿기지 않아요."

"이 사람, 기억해요?"

"기억하는 게 아니라 승호 오빠예요."

유정이 서희를 올려다봤다. 이제는 죽고 없는, 망자의 넋이 떠도는 상훈의 오피스텔에서 서희와 유정이 만났다. 유정이 서희의 얼굴을 절망적으로 바라보고는 다시 앨범 사진을 내려다봤다. 상훈의 오피스텔에는 그와 서희의 결혼 생활이 고스란히 남아 있었다. 거실 벽면에 내걸린 결혼사진과 서재 안 테이블 위에 놓인 둘이 함께 다정한 포즈로 찍은 스냅사진, 그리고 서희가 책상 서랍 마지막 칸에서 찾아낸 결혼사진 앨범까지. 상훈은 서희와의 흔적을 고스란히 남겨 놓았던 것이다.

거실 소파에 앉아 서희가 가장 먼저 살펴본 건 결혼사진 앨범이었다. 둘의 사진을 건너뛰고서 그녀는 하객들과 함께 찍은 사진을 살폈다. 그때는 그들을 상훈의 친구 혹은 직장 동료로만 알았었다. 하지만 서희의 연락을 받고 뒤늦게 오피스텔에 도착한 유정이 밝힌 사진 속, 이제는 익숙해진 한 남자는 상훈의 친구도, 직장 동료도 아니었다.

서희가 손으로 가리킨 남자는 길승호, 스미스였다. 하객 사진 가장 맨 윗열에 서서 무심하고 아득한 눈길로 어딘가를 바라보는 평범한 모습의 길승호. 유정이 처음 서희에게 한 말은 '믿을 수 없어'가 아니었다. 승호 오빠, 유정은 매우 자연스럽게 스미스를 오빠라고 불렀다.

서희가 아이폰으로 인터넷에 접속한 다음 포털 사이트의 속보를 도배한 연쇄살인범의 사진을 보여주었다. 길승호는 재미교포, 영어 강사, 미국판 '유나바머'를 동경한 궤변론자, 아나키스트 등으로 복잡하게, 심지어 화려한 이력의 소유자로 소개되었다. 비록 그가 모자를 쓰고 고개를 숙인 채로 촬영되었지만 유정은 서희가 별다른 말을 하지 않아도 사진 속의 그를 경악스러운 눈빛으로 주시했다. 결혼사진 속 승호와 연쇄살인범 용의자가 동일인임을 확인하는 것은 유정에게도, 서희에게도 비극이었다.

여전히 믿을 수 없다는 표정으로 바라보는 유정에게 서희가 말을 건넸다. 조심스럽고 부드럽지만 부정하기 어려운 결연함이 담겨 있는 목소리였다.

"승호 오빠라고 했나요? 상훈 씨와는 어떤 사이였죠?"

"언니."

"말해요."

"언니는 어디까지 알고 있어요?"

"무슨 말이죠?"

"상훈 오빠가 어느 부분까지 말했는지 알고 싶어요."

"무엇에 대해서?"

"우리 형제들에 대해서."

형제들. 상훈도 가끔이지만 입버릇처럼 '형제'란 말을 입에 담곤 했다. 자신의 여동생인 유정을 그녀가 자리에 없을 땐 손쉽게 '유정 형제'라는 식으로 불렀다. 내색한 건 아니었지만 분명 그랬다. 하지만 서희는 이 순간 상훈에 대한 자신의 무관심에 다시 한번 무거운 죄책감을 품어야 했다. 남편이었던, 이제는 훼손된 사체가 되어 자신의 곁으로 돌아온 상훈에게 서희는 한 번도 정확한 형제 관계에 대해 묻지 않았다. 여동생 유정이 있었으므로 당연히 둘 사이는 신부 출신의 성직자였던 정영문의 양자 정도로만 생각했던 것이다. 둘 다 입양아라는 사실 때문이었을까. 서희는 처음부터 상훈에게 민감한 것들은 질문하지 않았고, 상훈 역시 자신이 앞서서 그녀에게 가족 관계를 밝히지 않았으므로 둘 사이에는 암묵적인 묵비권이 행사되고 있었다. 서희가 유정의 물음에 답했다.

"사실 제대로 몰라요. 내가 알고 있는 건 아버님이 많은 불우한 아이들을 돌보고 지원하는 사회사업을 하고 계신 것 정도가 전부예요."

"아버지는 단지 불우한 아이들을 지원하는 일만 하신 게 아니었어요. 그건 진짜 큰 불행을 키우는 미봉책에 불과할 뿐이라고 하셨죠."

"그럼?"

"승호 오빠도, 상훈 오빠도 모두 아버지의 아들들이었어요."

"이 사람, 길승호란 자가 아버님 아들이라고요?"

"네. 호적상으론 연관되지 않았을지도 모르지만 적어도 여기 사진에 나와 있는 모든 이들이 다 그래요. 그리고 이 사진 외에 저조차도 알지 못하는 아버지의 양자들이 있어요."

"무슨 뜻이죠? 호적으로 연결되지 않았는데 자식으로 부를 수 있나요?"

"아버지에겐 가능했죠. 아버지의 가치관으로는 가능한 일이었어요. 특히 승호 오빠와 같이."

유정이 잠시 침묵했다. 신문 헤드라인 기사를 통해 나타난 길승호의 모습을 지켜보던 그녀의 눈시울이 차츰 붉어지기 시작했다. 그러나 서희는 채근에 가까운 질문을 거두지 못했다. 알고 싶었다, 최대한 더. 그 순간 서희는 다시 한번 둔중한 죄책감에 짓눌려야 했다. 왜 진작 지금의 질문들을 하지 않았을까. 상훈이 살아 있을 때, 자신과 함께였을 때 그에게 직접 물을 순 없었을까. 서희는 자신의 무심함이 납득되지 않았다.

"계속해요."

"승호 오빠는 미국이나 해외로 입양되었다가 파양당한 한국인 2세들 중 하나였어요. 아버지는 파양된 아이들을 최대한 후원하고 그중 자신과 뜻을 함께할 것 같은 아이들은 양자로 맞았어요. 승호 오빠도 그런 아이들 중 한 사람이었죠."

"상훈 씨는요?"

"상훈 오빠도…… 그랬어요."

"아버님의 뜻에 동참한다는 건 무슨 의미죠?"

"제가 아는 바로는 아버지는 자신의 헌신과 사랑 정신을 특별히, 구체적으로 실천할 수 있는 사회적 리더가 되길 원했어요. 물론 나 같은 아이는 예외였죠. 대학, 대학원 과정 내내 수석을 놓치지 않았던 상훈 오빠나, 승호 오빠처럼 외과의로서 탁월한 의술을 갖고 있던 남자 형제들이 아버지와 연락을 주고받았어요."

"아가씨도 항상 아버님과 연락을 주고받지 않나요? 거의 매일 아버님 계신 곳에 들러 뒷바라지를 하고 있잖아요."

"제가 말한 연락은 일상적인 것과는 달라요."

"일상적이지 않다니…… 그게 뭘 의미하는 거죠?"

"특별하다고만 했어요. 하지만 그 이상은 몰라요. 형제들도 서로가 무슨 일을 하고 있는지 공유하지 않아요. 그건 아버지의 뜻에 의한 거였어요."

"어떤 정신적인 기율 같은 거였나요?"

"맞아요. 왼손이 하는 일을 오른손이 모르게 해야 한다는 거였죠. 성서 가르침 중 한 구절인데, 아버지는 오른손을 자신의 분신과도 같은 가족으로 묘사했어요. 그러면서 그랬죠. 자신과 가장 가까운 사람과도 나눌 수 없는 신의 뜻을 실천하는 길이 참된 성인의 길이라고요."

"들어본 적 있는 것 같아요."

어렴풋이 기억이 나는 듯했다. 정영문의 강연이나 기고문, 사제 시절 강론했던 설교를 통해 접한 기억과는 달랐다. 상훈과의 신혼 초의 일. 그 일이 아픈 추억으로 서희의 머릿속을 헤집었다. 그때 서희는 상훈에게 정영문에 대해 물었다. 그 질문에 그 사람이 했던 말을 서희는 지금도 잊지 않고 기억하고 있다. 그리고 그 질문을 언젠가 작고한 아버지 김 의원에게도 동일하게 한 적이 있음을 그녀는 똑똑히 기억하고 있었다. 상훈도, 작고한 김 의원도 서희에게 동일한 답을 건넸다. 너무나 당연하다는 듯.

'알 수 없는 분. 하지만 거역할 수 없는 신의 뜻을 실천하는 분.'

"언니."

"……?"

"도대체 둘 사이에 무슨 일이 있었던 거예요?"

잠시 생각에 잠긴 서희에게 도리어 유정이 물었다. 유정의 절박한 눈빛을 확인하며 서희는 다시금 운명의 가혹함이 자신을 떠나지 않았음을 실감해야 했다. 이 가혹한 운명의 결박은 결국 자신의 선택에 의해서만 벗어날 수 있다는 사실까지도.

"아가씨."

"정말 모르겠어요. 왜…… 왜…… 승호 오빠가 상훈 오빠를 이렇게까지…… 해야…… 했던…… 거죠?"

신문 하단에 모자이크 처리된 상훈의 훼손된 사체가 선정적일 정도로 또렷한 윤곽으로 노출되어 있었다. 서희는 유정의 눈빛을 외면하지 않을 수 없었다. 유정의 절박함 속엔 그동안 아무것도 알지 못했다는 무력감과 그에 비례한 상상을 초월한 공포의 기운이 깊게 드리워져 있었기 때문이다.

2

"이게 말이 된다고 생각해?"

"무슨 말입니까."

"당신이 사이코패스야?"

"그럼 아닌가요?"

"단지 그렇게 믿고 싶은 거 아니야?"

"날 체포한 건 당신입니다."

"지금 그 말을 하는 게 아니잖아!"

취조실. 민서의 흥분이 극에 달했다. 그의 흥분은 인면수심의 살인범을 향한 최소한의 양심을 추궁하는 공분이 아니었다. 오히려 이질적인 성분의 폭증이었다. 이해하기 힘든 퍼즐들의 난립이 민서를 괴롭혔다. 정작 범인을 잡았지만 퍼즐 조각 중 어느 하나 제대로 맞추기 어려운 상태였다. 민서가 말을 이었다.

"당신의 혐의를 부정하자는 게 아니야. 당신은 방이동 저택에서 CS 화학에 재직 중이던 장국현을 죽였고, 5일 후 CS 산하 로펌에서 변호사로 일하는 최익현을 죽였어. 그리고 그 이전에 정상훈 CS 화학 수석 연구원도 살해했고."

말을 이어나가던 민서가 사체들의 상흔이 또렷하게 촬영된 사진들을 테이블 위에 올려놓았다. 사진 속 장면들은 모두 길승호의 소행으로 보이는 독특하면서도 잔인한 살인의 흔적으로 도배되어 있었다.

"살해 수법이 동일해. 날카로운 그 무엇, 메스로 추정되는 의료용 시술 도구로 급소를 찔러 급사하게 했어. 정상훈의 경우도 예외는 아니겠지. 사체가 훼손되어 어느 부위를 어떻게 찔렀는지 알 수 없지만 말이야."

"……."

"길승호, 아니 스미스. 당신은 미국 스탠퍼드에서 의학을 공부했어. 심화 전공으로 외과의가 되기를 희망했고, 성적도 우수했어."

"제대로 조사하셨군요."

길승호는 조롱도, 야유도 아닌 담담한 목소리로 민서의 추궁에 답했다. 그건 말 그대로 담담함이었다. 그는 마치 자신과는 아무 상관 없는 미디어 속 강력 사건의 사건 경위를 바라보듯 무신경했다. 민서는 길승호의 그런 무신경이 견딜 수 없었다.

"마치 남의 일처럼 얘기하는군."

"이미 상황이 종료된 것 같아 그런 겁니다. 저는 현장에서 검거되었고 더 이상 발뺌할 수 없게 되었습니다. 언론의 도마 위에 올랐기 때문이죠."

"이런 상황을 의도한 건가?"

"그렇게 생각하십니까?"

"그렇지 않으면 왜 이들까지 모두 죽였다고 했지?"

민서는 다른 살해 피해자의 흔적이 담긴 사진들을 테이블 위에 흩뿌려놓았다. 족히 열 장이 넘는 사진을 길승호는 그 역시 무심하게 바라보며 물었다.

"뭡니까?"

"자신이 죽였다고 자백한 희생자들이 기억나지 않는가 보군. 김말년, 문동식, 한성춘, 강일구. 이름은 기억해?"

"반장님."

"말해."

"전 살인마입니다."

"그래서?"

"어제 반장님께서 살해 동기를 묻는 질문에 제가 이렇게 답했었죠. 사람을 죽이는 데 어떤 이유가 있어선 안 된다고."

"그래서 이 많은 사람들을 아무 이유 없이 죽이셨다?"

"그렇습니다."

잠시 숨을 고른 민서가 새롭게 펼쳐놓은 사진들을 손으로 가리키며 말을 이었다. 흥분이 고조되었지만 최대한 내색하지 않기 위해 필사적이었다.

"김말년, 오십대 초반의 여성이야. 환경미화원이지. 어떻게 죽였는지 기억나?"

"기억나지 않습니다."

"방화 관리원이던 문동식은?"

"모릅니다."

"우성 조선 도료 공장에서 일하던 사원 한성춘, 택배 회사 직원 강일구는 어떻게 죽였어?"

"오래되어 잘 기억나지 않습니다."

"그럼 이건 기억해?"

"……?"

"이들 모두 정상훈을 중심으로 우성 조선 사건과 관계있을 수도 있다는 거 말이야."

"……."

"CS 화학의 수석 연구원이던 정상훈이 작년 하반기 내내 시간을 보낸 곳은 우성 조선 도료 공장이었어. 당시 공장은 직장 폐쇄로 분위기가 매우 어수선했지. 파업과 현장 점거를 반복하던 곳이었어. 그런 곳에 대체 무슨 이유로 화학 연구원이던 정상훈이 출입했을까? 그리고 12월 24일 이후에 정상훈은 자취를 감췄지. 24일엔 전혀 그림을 그릴 수 없게 만드는 의문의 산재 사고가 일어났고, 열 명이 죽었어. 좀 더 말해줄까? 아님 당신이 사실대로 말할래?"

"……."

"당신이 장국현과 최익현 외의 인물을 살해해야 할 이유가 과연 무엇인지 생각해봤어. 하지만 아무리 생각해도 답이 나오지 않아. 복잡한 과정이지만 결론은 단순하더군. 당신이 직접 12월 24일 이후 증거인멸을 위해 그와 관계된 인간들을 죄다 죽이거나, 아님 다른 제3의 가해자 혹은 다른 세력이 존재하거나 둘 중 하나라는 결론 말이야."

"반장님."

승호가 뭔가를 말하려 할 때 민서가 다시 한번 가로막았다. 좀 더 실체를 명확하게 제시하고 싶은 욕구 때문이었다. 그는 계속해서 자신의 말을 이었다. 사진 속 훼손된 사람의 고통으로 일그러진 존엄을 바라보면서.

"환경미화원 김말년은 우성 조선에서도 도료 공장 청소 담당이었어. 교대 근무인데 작년 12월 24일에도 근무했고, 한성춘은 도료 공장 생산 2팀 반장이었지. 택배 회사 직원 강일구는 우성 조선 택배의 대량 발송을 담당했는데, 그날 그 친구는 한나절 동안 도료 공장에서 짐 정리를 한 걸로 일지에 남아 있지. 그리고 문동식의 방호 담당 구역은 어디인지 아나? CS 방호 관리에서 파견 나온 문동식이 담당하던 곳이 바로 도료 공장이었어."

"……."

"장국현, 최익현 변호사. 이들은 더 말하지 않아도 잘 알고 있겠지."

"말하고 싶은 게 뭡니까?"

"핵심이야."

"핵심……."

“그래, 핵심. 그리고 난 말하고 싶은 게 아니라 묻고 싶어. 핵심에 대해서 말이야.”

“……”

“그날 12월 24일, 우성 조선 도료 공장에서 무슨 일이 일어난 거야?”

“그걸 제가 알고 있다고 생각하는 겁니까?”

“정상훈을 죽였다면, 그것도 나와 김서희 의원에게 정상훈의 잘려 나간 신체 부위를 순차적으로 보여준 게 뭘 의미하는 거지?”

“……”

“12월 24일에 대해 할 말이 있다는 걸 뜻하는 게 아닌가?”

“제가? 아님…… 상훈이?”

“당신일 수도, 아님…….”

“……”

“정상훈일 수도.”

“반장님.”

“말해.”

“과연 진실이 중요하다고 생각하십니까?”

“중요하지 않으면?”

“……”

“내가 널 잡은 것만으로 만족할 거라고 생각했어?”

“그럼?”

“천만에. 날 잘못 건드렸어. 난 끝까지 가볼 생각이거든.”

그 후 둘은 한동안 침묵 속에서 서로를 바라보기만 했다. 승호도, 민서도 말을 잇지 못했다. 민서는 초조하게 승호의 입에서 나올 다음 말을 기다렸고, 승호의 눈빛은 교묘하게, 하지만 분명하게 초점을 잡지 못하고 흔들렸다. 그 자신도 확신을 갖지 못하는 결단의 유보, 그 불가항력의 의지가 민서의 눈에 더할 수 없는 서늘함으로 내려앉았다. 민서의 눈에 비친 승호는 흡사 이승의 존재로 보이지 않았다.

긴 침묵 후에 승호가 말문을 열었다.

"변호사와 대면하는 시간이 언제입니까?"

무겁고 힘들게 뗀 한마디였지만 그 울림과 공명은 민서에게 희망을 주었다. 진실을 알 수 있을지도 모른다는 희망.

"한 시간 후. 그건 왜?"

"그때 변호사를 통해 진술하겠습니다."

"국선이야. 괜찮겠어?"

"오히려 그게 편합니다."

"왜지?"

"가장 객관적이니까요."

"객관적이라."

"그렇습니다."

"왜 나에겐 말하지 않겠다는 거지?"

"반장님에게 말하는 건 무의미합니다."

"왜?"

"검찰을 한 번 더 거쳐야 하니까요. 그럼 법적 효력이 상실될 수 있습니다."

"검찰을 믿지 못하는 건가?"

"진술만으로는 기소하지 않을 테니까요."

"……?"

"반장님."

"……?"

"묻고 싶습니다."

"말해."

"왜 진실을 알고 싶으세요?"

"……."

"단순한 호기심입니까, 아님 직업적 본능입니까?"

"틀렸어."

"그럼 뭐죠?"

"알고 싶어. 그냥, 막."

말을 이어나가는 민서의 입술이 떨렸다. 민서는 승호를 보지 않았다. 취조실 벽면 너머의 아득한 곳, 희미한 불빛 속에 가려진 실체의 세밀한 면, 그 아득한 곳을 넘보고 있는 듯했다.

"사람 열 명이, 그리고 또 한 사람의 사지가 훼손되어도 눈 하나 깜빡하지 않는 이 침묵이 어떻게 가능한지 알고 싶어."

"……."

"답이 되었나?"

"예."

"……."

"어느 정도는."

3

"우리, 일을 어렵게 만들지 맙시다."

"그게 무슨 말씀입니까?"

민서가 황망한 얼굴로 검사를 내려다봤다. 자신의 사무실 의자에 앉아 있는 비교적 젊은 나이의 윤진호 검사가 자신의 책상 앞에 서 있는 민서를 불편한 표정으로 올려다보곤 다시금 서류를 검토하는 시늉을 했다.

처음 길승호 사건을 윤진호 검사가 담당한다는 말을 들었을 때, 민서는 실체와 배후 관계에 대해 보다 면밀한 조사가 이루어질 것을 기대했다. 윤 검사에 대한 평판이 대체로 긍정적이었기 때문이다. 지난번 중진 정치 관료들의 뇌물 수수 건에 대한 조사에서 윤 검사가 보여준 뚝심 있게 밀고 나가는 성역 없는 수사 방식을 민서는 크게 신뢰하고 있었다.

하지만 길승호 사건을 대하는 윤 검사는 이전과는 전혀 다른 상반된 태도를 보여주었다. 민서가 그동안 심혈을 기울여 조사한 우성 조선의 12월 24일 사건 관련 자료와 상훈이 살해당할 수밖에 없었던 그간의 사정이 담긴 CS 그룹의 우성 조선 부지 매입 관련 서류들을 윤 검사는 제대로 살펴보지도 않은 채 길승호를 희대의 사이코패스로 단죄하는 데 집중하고 있었다. 민서는 납득하기 어려운 윤 검사의 기소 방향에 항의하기 위해 결국 이렇게 검사실을 찾을 수밖에 없었다. 하지만 직접 대면한 윤 검사의 태도는 완강해 보였다. 윤 검사는 민서의 질문에 불편한 기색을 감추지 않으며 답했다. 퉁명스럽고, 오래된 관습에 길들여진 전형적인 관료의 말투였다.

"길승호가 자백했다면서요. 살해 수법도 비슷하고. 그럼 뭐, 이야기 끝난 거 아닙니까?"

"살해 수법이 다르다고 말씀드렸잖습니까. 장국현, 최익현, 그리고 정상훈을 살해한 수법과 다른 네 명의 피해자의 살해 수법은 전혀 동일하지 않습니다."

"그래서 지금에 와서 다시 그 네 명을 죽인 사람을 찾자고요? 신문에 뭐라고 나왔는지 아세요? 여덟 명 이상을 죽인 재미 교포 살인마의 엽기적 행각. 그런데 지금 와서 그게 아니라고 말을 바꾸자고요? 굳이 그래야 할 필요성이 있을까요?"

"충분합니다. 제가 드린 자료에 나와 있지 않습니까."

"그 뭐, 우성 조선 도료 공장에서 발생한 산재 사고와 피해자 정상훈이 연루되었다는 거 말입니까?"

"그렇습니다. 배후가 있어요."

"김 반장님, 무슨 음모론 영화 찍습니까?"

"예?"

두 사람 모두 허탈한 표정으로 서로를 바라봤다. 윤 검사는 일고의 가치도 없는 사건쯤으로 치부했고, 민서는 이런 식으로 유야무야 사건을 종결하려는 윤 검사의 모습에 어이가 없었다.

윤 검사는 대뜸 정색을 하더니 민서의 의견을 묵살했다.

"김 반장님, 제가 알기론 이번 일로 반장님의 전출 건도 무마되고 다시 강력계로 복직하신다고 들었습니다. 그것도 1계급 특진으로 말이죠."

"검사님, 그건 중요한 게 아닙니다."

"공직 사회에서 승진만큼 중요한 일이 어디 있습니까?"

느닷없이 윤 검사가 자리에서 일어섰다. 동시에 민서의 시선은 윤 검사의 두 손을 향했다. 윤 검사가 슬며시 민서가 가져온 백과사전 분량의 서류 뭉치를 책상 한쪽 모서리로 물러놓았다. 그다음 민서에게 다가가 그의 어깨를 토닥였다. 그러고는 속삭이듯 말했다.

"당신이나 나나 이번 기회 망치지 맙시다. 당신은 1계급 특진했으니 소기의 성과를 성취한 것 아니겠소? 괜스레 길승호가 깃털이네 몸통은 따로 있네 하는 식으로 접근했다가 자칫하면 우리 목숨 줄까지 끝장나는 수가 있어요. 아시겠어요?"

이것은 협박인가, 아님 충고인가. 믿을 수 없다는 얼굴이 된 민서에게 윤 검사가 돼먹지도 않은 자신의 무용담을 한마디 덧붙였다.

"제가 한 말씀 드리죠. 저번 정치 뇌물 사건 건드렸다가 저 완전히 골로 가는 줄 알았습니다. 뚜껑 제대로 열어버리면 윗사람들 옷 벗는 게 한둘이 아니에요. 게다가 그 사람들만 잘리는게 아니더라고요. 저도 무사하지 못한 거예요. 그래서 딜을 했죠."

"딜?"

"뭐, 이 정도만 하겠습니다. 반장님은 현명하시니 더 말하지 않아도 알아들으시겠죠."

다시 한번 민서의 어깨를 토닥인 윤 검사가 사무실 밖으로 나갔다. 혼자 남은 민서는 불현듯 취조실에서 승호가 했던 말이 떠올랐다. '검찰은 믿을 수 없다'는 그 말. 표현하기 어려운 불길함이 순간 민서의 정신을 사로잡았다.

4

"고마워."

"고맙긴. 그런데 서희야."

"응."

"괜찮은 거지?"

서희의 오래된 친구이자 국립중앙도서관 서지 행정실장으로 근무하는 김미영의 염려 섞인 질문은 단지 표면적인 차원의 위로만이 아니었다. 물론 서희는 여전했다. 적어도 겉으로 보기엔 그랬다. 단아한 얼굴에 흠을 찾기 힘든 깔끔한 복장, 감정의 동요를 쉽게 노출시키지 않으려는 서희의 모습에서 심각한 공황 상태를 감지할 수 있는 상대는 많지 않았다.

하지만 김미영은 느낄 수 있었다. 그건 서희의 전남편인 상훈이 연쇄살인의 피해자가 되었다는 사실과 서희가 작고한 아버지의 뒤를 이어 국회의원이 되었다는 사실로 어림짐작할 수 있는 그녀의 심적 부담에 대한 사전 정보 때문이 아니었다. 김미영은 오래된 친구인 서희에게서 평온해 보이는 겉모습 속에 숨긴 엄청난 파문의 그림자를 보고 있었다. 그것이 3년 만에 만난 친구의 모습이라고는 상상하기 어려웠다.

더구나 서희는 특별한 용무를 미영에게 요구했다. 사소한 청탁, 심지어는 잡무에 관계되는 일조차 상대에게 부탁하는 것을 극히 꺼리던 서희가 미영에게 특별한 부탁을 한 것이다.

국내에서 가장 많은 서적을 보유하고 있는 중앙도서관, 그곳에 보관된 정기간행물의 종種 또한 다양하고 충실한 편이었다. 서희는 행정실장인 미영에게 야간 12시 이후에 정기간행물실을 특별히 이용할 수 있도록 해달라는 부탁을 한 것이다. 평일 열람 시간과는 다른 시간. 행정실장 정도의 권한이 없으면 가능하지 않은 사안을 서희는 사전에 전화로 양해를 구했던 것이다.

3년 만의 전화 통화로 정기간행물 열람을 신청한 서희가 미영을 만나기 위해 도서관을 찾은 시간은 밤 11시였다. 서희는 평소와 다르지 않은 표정과 말투로 미영을 대했고, 그랬기에 미영 역시 유별난 동요를 보이지 않으려 애썼다. 하지만 서희의 정기간행물 열람은 분명 심상치 않은 구석이 다분했다.

서희가 열람을 신청한 정기간행물 수집을 위해 미영은 또 다른 사서 한 명을 더 동원해야 했다. 어려운 작업은 아니었지만 워낙 자료 찾기가 쉽지 않은 일이어서 동료의 손을 빌린 것이었다. 서희가 열람을 원한 정기간행물은 CS 화학 사보였다. 사보 출간 기간을 묻는 미영의 질문에 서희는 잠시 뜸을 들이더니 조심스러운 목소리로 사보 전체의 열람을 원했다.

밤 11시 30분, 서희가 도서관 사무실로 찾았을 때 미영은 몇 마디 사담을 나눈 뒤 곧바로 그녀를 3층 정기간행물실로 데리고 갔다. 후배 사서와 함께 꺼내놓은 CS 그룹, 그중에서도 CS 화학에서 발간하는 정기 사보의 분량은 엄청났다. 회사 창립부터 지금까지 기간만 30여 년이 넘었고, 창립 초기부터 사보가 주간 단위로 발행되었으므로 그 분량은 족히 1400여 권에 육박했다. 아무리 40~50페이지 내외의 소책자라고 해도 1000여 권이 넘는 사보가 쌓이자 서희 허리 높이 분량이 두세 더미가 될 정도였다.

미영에게 고맙다는 말을 남긴 서희는 곧바로 사보를 들춰 보기 시작했다. 특이하게도 모바일이나 인터넷 웹진 형태로는 발간되지 않은 CS 화학 사보의 한 주간의 기록과 동향과 일정 등의 특성을 파악하기 위해 서희는 하나도 남기지 않고 사보의 제목들을 꼼꼼히 살폈다. 새벽 1시, 2시, 3시. 3시간 가까이 반복되는 기록의 발췌에도 서희는 자신이 얻고자 하는 정보를 찾지 못했다는 난감함을 느꼈다. 그래도 그녀는 포기하지 않았다. 그건 어떤 필연성 같은 자력에 의한 이끌림과도 같았다.

상훈의 오피스텔에서 그의 여동생 유정과 만난 후 서희는 3일 동안 오피스텔 밖으로 한 번도 나오지 않았다. 이제는 훼손된 사체로 돌아온 상훈의 부재만이 선명한 오피스텔 안에서 서희는 잠도 자지 못하고, 그렇다고 다른 어떤 일도 하지 못한 채 오직 상훈이 남긴 단 한 장의 기록—유서와도 같은—과 그의 유품을 살피고 또 살폈을 뿐이다.

한 장의 종이에 적힌 기록이 서희의 정신을 오히려 점점 더 선명하게 했다. 시간이 지날수록 그 종이 안에 적힌 글귀들이 강력한 마력이 되어 자신에게 말을 건넨다는 느낌으로부터 도저히 벗어날 수 없었다. 그건 감상적인 반응도, 그 반대로 충격적인 사건에 대한 작위적인 의지도 아니었다. 설명할 수 없는 필연이 서희로 하여금 행동하게 했고, 찾게 했다. 그것만이 상훈의 훼손된 사체에 대한, 그의 잘려 나간 손목과 발, 귀와 입이 담고 있는 절박한 호소에 대한 최선의 반응이라고 확신했다. 아니다, 그렇게 믿을 수밖에 없었다.

최선의 반응이 일으킨 마지막 결과가 바로 중앙 도서관이었다. 상훈의 흔적을 찾을 수 있는 거의 마지막 기회라고 생각한 서희에게 새벽 4시경 작년 겨울에 발간된 CS 화학 사보가 피할 수 없는 실마리를 드러냈다. 무심코 펼친 사보의 인덱스에서 발견된 한 문장의 제목이 서희의 시선을 잡아 묶었다. '대담, 정영문 사회통합위원장과 함께.' 1400여 권이 넘는 사보 중에서 유일하게 서희의 심장을 두근거리게 만든 제목이었다.

제목을 확인한 서희가 본능적으로 사보의 뒷면과 대담이 적힌 내용을 살폈다. 사보 뒷면에 적힌 발행일과 발행번호를 확인한 순간 서희는 상훈이 남겼다는 한 장의 유서, 그 안에 담긴 유일한 숫자 두 개를 떠올렸다. 11, 59. 정영문의 대담이 수록

된 사보 발행번호는 '24000059'였다. 서희는 서둘러 다른 사보들의 발행번호 규칙을 살폈다. 24000058, 240000057. 조금 오래된 몇 년 전 사보의 발행번호는 19000043, 19000042. 앞의 두 자리 번호와 뒤의 두 자리 번호가 순차적으로 변경되었다.

서희는 대담자인 정영문을 인터뷰한 주체가 누구인지 확인했다. 편집부일 수도 있고, 기자일 수도 있다. 사보의 특성상 그럴 가능성이 충분했다. 하지만 정영문의 인터뷰어는 이니셜로만 표기되어 있었다. 질문자 J 연구원. 호텔 로비로 보이는 장소에서 찍은 사진 역시 정영문만 찍혀 있을 뿐 질문자의 흔적은 오직 질문을 통해서만 확인할 수 있었다.

분량 또한 서희의 관심을 잡아끌었다. 보통 40페이지를 넘기지 않던 사보가 정영문과의 대담이 담긴 24000059편에서만큼은 60페이지에 육박했다. 게다가 24000059의 사보 내용은 그룹 동정이나 소식은 전혀 없이 오직 정영문 위원장과의 대담으로 채워져 있었다. 대담 내용 역시 기업 문화나 기업 윤리 같은 주제가 아닌 한민족의 역사와 정치 정세, 종교인으로서의 신념, 불확실한 미래에 한민족이 나아갈 길 등의 정치 정론지 혹은 종교 강론에서나 봄직한 거시적인 내용들 일색이었다.

11, 59. 서희는 서둘러 자신이 펼쳐 보았던 사보의 발행번호를 찾기 시작했다. 이번에는 뒷번호가 아닌 앞번호였다. '150000012, 14000019, 130000024, 12000022.' 앞부분의 발행번호는 1년을 주기로 변화하고 있었다. 12000003, 12000002, 1200001. 그다음 순서의 사보를 펼쳐 드는 순간 서희는 자신

도 모르게 짧은 탄성을 내지르고 말았다. 11000000. 앞번호가 11로 발행된 번호의 소식지는 단 한 권뿐이었다. 그 단 한 권은 1980년 CS 그룹 소식지 신년 특별호였다. 한 주간마다 발행되던 소식지의 순차적 특성을 어기고 단 한 번의 예외로 만든 11000000 번호를 가진 신년 특별호. 특별호의 제목이나 기고자 중 정영문의 이름은 찾을 수 없었다. 하지만 특별호와 뒷번호가 59로 마무리되는 정영문의 대담 원고가 수록된 소식지엔 결코 부정하기 힘든 공통점이 한 가지 있었다. 특집 기사가 수록되었다는 것과 이니셜로 처리된 익명의 저자가 존재한다는 사실. 1100000, 신년 특별호의 특집 기사 역시 남달랐다. 'CS 그룹, 신기업 윤리 선언문' 특집 저자는 단 한 명으로 소개되었다. 이번에도 그 한 명, 익명의 저자는 J였다.

서희는 신년 특별호에 담긴 'CS 그룹, 신기업 윤리 선언문'의 지면을 자신의 휴대전화로 스캐닝하기 시작했다. 한 장 한 장 넘길 때마다 제목과 전혀 어울리지 않는 난폭하지만 분명한 논리로 무장된 선언문 형식의 문장들을 확인할 수 있었다.

11과 59. 이 발행번호와 연결된 기사들의 발췌를 모두 끝낸 서희가 문득 창가로 눈길을 돌렸다. 붉은 아침 해가 지평선 너머에서 꿈틀거리는 새벽 5시였다. 그녀가 힘겹게 자리에서 일어섰다. 아찔한 현기증이 그녀를 괴롭혔다. 서희는 그제야 자신이 나흘 동안 한 번도 눈을 감지 않았다는 사실을 실감했다.

5

개관 시간을 10분 앞두고 서희는 도서관 주차장을 향해 걸어갔다. 심야 시간에 자료 열람을 허락해준 미영에 대한 고마움의 인사도 빼놓지 않았다. 자신의 차를 향해 걸어가면서 서희는 휴대전화를 꺼내 자료 화면 메뉴를 클릭했다. 거기에는 두 권의 소식지에 담겨 있던 정영문 위원장과 연구원 J, 혹은 이니셜 J로만 존재하는 이의 대담과 선언문 형식의 글을 스캐닝해 옮겨 담은 화면이 한 장도 빠짐없이 담겨 있었다.

차문을 열고 운전석에 오를 때였다. 휴대전화로 한 통의 메시지가 전달되었다. 서희는 그 나흘간 자신에게 걸려 온 통화 기록을 기억하고 있었다. 양 보좌관의 개인 전화와 국회의원 사무실 전화, 서울과 해능시 지역 번호가 명기된 발신자를 알 수 없는 번호 수십여 개가 통화 기록에 남아 있었다. 바로 어제 새벽부터 켜놓은 휴대전화, 작심하고 전화를 받기 않기로 작정한 서희에게 전송되어온 한 통의 문자메시지. 스팸 성향의 괴문자도, 그렇다고 면식이 있는 발신자의 연락도 아니었지만 서희는 그 메시지로부터 쉽게 시선을 거두지 못했다. 그리고 망설였다. 문자메시지 전송자의 번호를 주의 깊게 살폈다.

피의자 길승호 씨 건으로 말씀드리고 싶은 것이 있습니다. 가능하시면 이 번호로 전화주시면 좋겠습니다. 강정호 변호사.

전형적인 사무형 문장에 눈길이 간 건 아니다. 자신의 시선을 휴대전화로부터 벗어나지 못하게 하는 하나의 이름, 길승호란 이름 석 자가 서희를 힘들게 했다. 여전히 그녀는 길승호와 자신의 전남편 정상훈의 관계와 둘 사이에 무슨 일이 있었는지를 확신할 수 없었다. 단순히 길승호가 정상훈을 죽인 사이코패스 살인범이라면 이런 식의 고민이 무용할지도 모른다. 하지만 여전히 남아 있는 석연치 않음, 단순히 미심쩍은 범주를 넘어선 깊고 아득한 먹구름, 그 모호함의 세계 속으로 걸어 들어가고 있다는 고통이 서희를 괴롭게 했다. 문제는 그 고통을 그녀 자신이 거역할 수 없다는 사실이었다.

"여보세요?"

"김서희 의원님?"

"예, 문자 확인했어요."

"전 강정호 변호사라고 합니다."

"길승호 씨 사건 담당 변호사인가요?"

"예, 그렇습니다."

"그런데 무슨 일로……."

"그게 저……."

분명히 무언가를 망설이는 유보의 태도였다. 서희의 경험과 직관으로 볼 때 그러한 태도는 분명 법조인의 전형적인 접근이나 스타일과는 거리가 있었다. 그래서일까, 서희는 오히려 통화 속 상대가 무언가를 말하려 한다는 예감이 강하게 들었다. 그녀가 재차 물었다.

"피의자 관련 정황에 대해 묻고 싶으신 건가요?"

"반드시 그런 사안은 아닙니다. 더구나 그건 예의에 어긋나는 일이기도 하고요."

"그럼 뭐죠?"

"처음엔 저도 황망했습니다. 길승호가 워낙 궤변에 가까운 말, 혹은 자기변명만을 늘어놓는다고 생각했고요. 그런데……."

"그런데요?"

"그런데 그냥 흘려 넘길 수 없는 말들을 해서요."

"길승호 씨가요?"

"그렇습니다."

"어떤 말을 하던가요?"

"핵심은 죽은 부군이 연루된 사건에 관한 것입니다."

"그가 무슨 말을 했는지 알려줄 수 있어요?"

"제가 처음부터 녹취를 했어야 하는데, 처음 맡은 국선이고 희대의 살인마이니 정신분열증 환자니 뭐니 해서 정신이 없던 통에 정확히 기억하진 못합니다. 하지만 이거 하나만은 분명히 기억하고 있어요. 그래서 의원님께 연락드리지 않을 수 없었습니다."

"하나라면……."

"피해자 정상훈 씨가 저지른 행위, 그에 대한 엄청난 죄책감, 그리고……."

"……."

"자신이 정상훈 씨를 심판한 게 아니라는 말까지 기억합니다."

"……."

"사실 의원님 전화번호도 제가 알아낸 게 아니라 길승호가 알려준 겁니다."

"그 사람이요?"

"저한테 부탁했어요. 자신이 하고자 하는 말을 들을 용의가 있으면 저를 통해 듣도록 해달라고요."

"지금 그 부탁을 이행하시는 건가요?"

"며칠간 저도 많이 고민했습니다. 과연 길승호의 말을 어디까지 신뢰할 수 있을지. 하지만 제가 신뢰하고 하지 않고의 문제가 아닐지도 모른다는 생각이 들었습니다. 그래서 실례 무릅쓰고 문자를 남기게 됐습니다."

"……."

"어떻게…… 한번 뵙지 않겠습니까?"

서희가 짧은 한숨을 쉬었다. 다시금 아득함이, 한 치 앞을 내다볼 수 없는 막막함이 그녀의 가슴을 짓눌렀다. 한숨을 내뱉은 서희가 불가항력으로 치솟는 전율을 가라앉히고서 말을 이었다. 강 변호사의 조심스러운 질문에 대한 답이었다.

"그렇게 하죠."

"알겠습니다. 그럼 약속 장소와 시간을 문자로 발송해드리겠습니다."

"저기."

"예, 말씀하세요."

"고마워요."

한마디 말의 여운은 깊고 쓰라렸다. 서희에게 그 말은 쓰라림이었다. 강 변호사가 간단한 인사말을 남기고는 전화를 끊었다. 잠깐의 정적이 감돈 뒤 곧바로 문자메시지가 수신되었다.

남부 터미널 전자 상가 지하 3층 카페 '마리', 오전 11시.

시동을 건 후에도 서희는 쉽게 출발하지 못했다. 오전 8시가 되자 도서관 직원들의 것으로 보이는 차량들이 한두 대씩 서희가 주차해놓은 지하 주차장으로 들어오기 시작했다. 시동을 걸어놓은 채 서희는 머리를 최대한 뒤로 붙이고 지그시 눈을 감았다. 시동이 걸리자 자동으로 켜진 라디오에선 아나운서가 아침 시간대임을 상기시키려는 듯 더없이 활발한 목소리로 오늘의 소식을 보도하고 있었다.

오늘 오전 11시경 지식경제부 장관이 해능시 일대의 간척 사업과 연계하여 시행하는 신재생에너지 국책 사업의 민간 참여 업체로 국내 매출 규모 부동의 1위를 자랑하는 CS 그룹이 함께한다는 내용을 골자로 한 새로운 민관 합동 사업 출범을 공식 발표할 예정입니다. 이번 사업은 단순한 SOC 사업이나 과거 관 주도하에 이뤄졌던 하도급 사업이 아닌 대기업의 축적된 기술 노하우와 산업 경쟁력을 공공 기관이 관리, 활용함으로써 새로운 경제 패러다임을 제시하는 시금석이 될 것으로 전문가들은 기대하고 있습니다.

6

오전 11시 카페 '마리'. 막 영업을 시작한 카페 안은 적막함으로 가득했다. 남부 터미널 사거리에 위치한 전자 상가 건물 자체의 분위기가 그랬다. 이제 막 입점과 분양이 이뤄지고 있는 건물이어서 사람들의 왕래가 서울의 중심 지역이라고 말하기가 무색할 정도로 뜸했다.

11시 20분, 카페 구석진 자리에 앉아 있는 서희는 20분째 혼자였다. 한 잔의 에스프레소가 쓸쓸하게 놓여 있는 풍경을 앞에 두고 그녀는 수많은 생각의 편린에 시달려야 했다. 약속했던 시간에서 벌써 20분이나 지났다. 통화를 해볼까도 했지만 서희는 망설였다. 조금만 더 기다려보자는 심리가 서희의 몸을 카페에서 벗어나지 못하도록 붙잡아두었다.

11시 30분, 휴대전화 화면을 통해 시간을 확인한 서희가 결국 통화 버튼을 눌렀다. 자신을 강 변호사로 소개한 사람에게 전화를 걸었다. 하지만 신호가 가지 않았다. 그 대신 고객님의 휴대전화 전원이 꺼져 있다는 간결한 안내 멘트로 곧바로 연결되었다.

휴대전화를 테이블 위에 내려놓는 순간이었다. 잠시 의식하지 못한 사이에 서희의 눈앞에 누군가가 나타났다. 검은 슈트 차림에 붉은색 넥타이가 확연하게 눈에 들어오는 한 남자. 서희가 통화를 시도한 사이 어느새 남자가 그녀의 맞은편에 자리를 잡고 앉은 것이다. 남자는 서희를 물끄러미 바라보며 정중

하고 가라앉은 말투로 말문을 열었다.

"절 기억하시죠, 김서희 의원님."

강 변호사일 거란 기대는 남자와 시선을 마주하는 순간 산산조각 나고 말았다. 남자는 강 변호사가 아니었다. 자신을 정면에서 탐색하듯 바라보는, 은밀하고 그래서 더욱 섬뜩한 시선을 가진 남자. 서희가 그 남자의 정체를 알아보는 데는 그리 오랜 시간이 걸리지 않았다.

"여긴 어떻게 알았어요?"

남자는 대답 대신 팔짱을 끼고 가볍게 카페 마리의 내부 인테리어를 살폈다. 남자의 시선을 따라 서희의 시선도 엇비슷하게 움직였다. 카페 입구엔 남자와 비슷한 차림과 체구의 남자 둘이 서 있었다. 남자가 답했다.

"홍 의원님이 부탁하셨습니다."

"……."

"의원님을 모시고 오라고 말이죠."

"……."

"물론 저도 드릴 말씀이 있습니다."

"……."

"다시 묻겠습니다."

"……."

"저, 기억하시죠?"

누군가를 기억한다는 게 지금처럼 끔찍한 적이 있었을까. 서희는 검은 슈트 차림의 남자를 너무나 또렷이 기억하고 있었다. 홍남호 의원과의 식사 자리에 동석했던 그 남자, 국회의원이 역사를 바꿀 수 있는 것으로 착각하지 말 것을 대담하게 선고했던 남자, CS 그룹 전략 기획회의 임원 유동구로 자신을 소개한 남자의 표정은 더욱 차갑고 그만큼 무례했다. 서희는 할 수만 있다면 그 무례하고 차가운 남자의 얼굴에 침을 뱉고 싶었다.

"대답해요."

"……?"

"강 변호사란 사람, 어떻게 한 거예요."

그 남자, 유동구는 대답 대신 조롱기 어린 미소를 지어 보였다. 서희가 거듭 답을 채근했다.

"빨리 대답해요."

"김서희 의원님."

"……."

"그런 건 중요하지 않습니다."

7

대법원에서 한 블록 떨어진 민영 주차장에서 요금 지불을 마친 강정호가 운전석에 올라탄 뒤 언제나 그랬던 것처럼 차에 시동을 걸었다.

길승호의 국선변호인으로 지정되고 그를 접견한 이틀 동안 강정호는 엄청난 혼란과 알 수 없는 두려움을 품고 있었다. 분명 자신이 살아온 세계의 상식으로는 길승호가 말하는 이야기들은 비현실적인 것이 틀림없었다. 그렇다면 길승호의 말을 단순히 사이코패스 혹은 정신분열의 병력이 있는 사람이 지껄이는 궤변 따위로 치부하면 될 것이다. 하지만 강정호는 결코 그렇게 하지 못했다. 강정호는 길승호의 말 한마디 한마디에 단순한 궤변, 넋두리 정도로 취급할 수 없는 성질의 진정성이 있음을 자인하지 않을 수 없었다. 그건 그야말로 불가항력에 가까웠다.

오직 불가항력에 이끌려 어쩌면 끔찍할 정도로 엄청난 사안의 실체를 확인하기 위해 차에 시동을 건 바로 그 순간, 그의 차에서 한차례 우렁찬 폭발음이 터졌다. 그 후 검붉은 불길이 보닛 위로 치솟았고 검은 연기가 주차장 전체를 에워쌌다. 이윽고 실내 주차장의 화재경보기가 작동되면서 사이렌 소리가 요란하게 울려 퍼지고, 스프링클러가 작동되었다.

강정호의 차가 폭발한 지 5분 정도가 지나서야 한두 명씩 사람들이 모여들기 시작했다. 주차 관리 요원이 당황한 목소리로 119에 전화를 걸었고, 몇몇 사람들이 여전히 검은 연기를 뿜어내는 차량 쪽으로 다가갔다. 에어백이 터진 강정호의 차는 이미 전소되어 차창 유리마저 흔적을 찾을 수 없는 상태였다. 운전석에 앉아 있는 강정호는 시신조차 수습하기 어려운 그을린 잿더미로 변해버렸다.

8

처음 전화를 받았을 때 민서는 말도 안 된다는 생각을 했다. 한마디로 비현실적이었다. 하지만 간단한, 채 30초도 되지 않는 통화를 끝낸 직후 민서의 머릿속이 투명해지기 시작했다. 동시에 주위가 아득해졌다.

전화를 받았을 당시 민서가 있던 곳은 광화문 서울 경찰청 근처 호프집이었다. 뒤늦게 민서의 1계급 특진을 축하하는 팀 회식이 있었다. 요란한 음악과 시끌벅적한 분위기 탓에 처음엔 상대의 말을 제대로 듣기도 어려웠다. 한쪽 귀를 막고 '어디냐'고 물었을 때만 해도 민서는 그런 내용을 듣게 되리라고는 생각할 수 없었다. 그러나 그건 사실이었다. 휴대전화를 끊은 후에도 멍한 표정으로 있던 민서를 향해 호규가 걱정스러운 눈길로 물었다.

"왜 그러세요?"

호규의 음성을 듣는 순간 민서는 방금 전 구치소 관계자의 한마디가 다시 떠올랐다.

'구치소 수감 중인 길승호가 죽었습니다.'

그제야 아득해졌던 모든 사물들이 다시 제자리로 돌아왔다. 민서는 그 즉시 자리를 박차고 일어났다.

9

현장은 그대로 보존된 상태였다. 함께 구치소에 수감 중이던 다른 용의자들은 하나같이 겁에 질린 모습이었다. 그들은 아무것도 보지 못했다고 진술했다. 마약 투약 여부를 검사하기 위해 화장실에서 소변을 보고 난 뒤 돌아와 보니 죽어 있었다고 했다.

허탈한 표정의 민서와 다르게 현장에 있는 사람들은 일사불란하게 움직였다. 뒤늦게 도착한 민서의 강력 2팀 팀원들이 현장을 보전하고 사인을 조사하는 감식반과 함께 상황을 정리했다. 내내 대기 중이던 기자들이 아우성을 쳤다. 카메라 플래시가 곳곳에서 터졌지만 경찰들의 제지 탓에 길승호의 사체를 필름 안에 담을 순 없었다.

어린아이 얼굴 크기 정도의 작은 창문 아래, 잿빛 시멘트 벽면을 향해 등을 보이고 선 길승호의 모습이 달빛에 비쳤다. 선 자세로 목을 매단 채 죽어 있는 길승호의 발 아래로 핏방울이 빠른 속도로 떨어졌다. 민서는 핏방울이 떨어지는 이유를 확인하기 위해 발밑에서 길승호의 몸으로 시선을 이동했다. 황토색 수의를 입은 길승호의 몸은 정갈하리만치 깨끗했다. 문제는 길승호의 얼굴이었다. 그중에서도 그의 두 눈.

눈동자가 보이지 않았다. 감은 것인지 뜬 것인지 확실하지 않을 정도로 두 눈가가 핏물로 얼룩져 있었다. 깊은 충격에 사로잡혀 자리만 지키고 서 있는 민서에게 감식반원으로 출동한 그의 경찰대 동기가 나지막한 소리로 말을 걸었다.

"자살로 처리하려는 분위기야."

동기의 말을 들은 민서 역시 작은 목소리로 답했다. 시선은 여전히 죽은 길승호의 황토색 수의를 향한 채였다.

"무엇으로 목을 맨 거지?"

"포승줄."

"길승호가 포승줄을 갖고 있었다고?"

"갖고 있긴. 저 새끼 일급 살인범이야. 30분마다 한 번씩 몸 수색을 했을 텐데."

푸념 섞인 투로 동기가 말했다. 형사들이 용의자를 입건하거나 법정으로 이동시킬 때 사용하는 포승줄이 길승호의 목에 묶여 있었다. 그런데 자살 처리라니. 민서는 조사반원들과 함께 사태를 의논하는 담당 검사를 바라봤다. 검사는 부러 민서의 시선을 피하는 눈치였다. 그런 민서에게 동기가 한마디 덧붙였다.

"이상해."

"뭐가?"

"죽은 건 죽은 건데, 눈은 왜 찌른 걸까?"

길승호의 눈을 찌른 건 분명 길승호 자신이었다. 민서는 그 사실을 더욱 명확하게 확인하기 위해 길승호의 주검 앞으로 한 걸음 다가갔다. 주위의 만류에도 민서는 길승호의 오른손을 붙잡았다. 약간의 온기가 남아 있는 오른손에도 핏물이 흥건히 배어 있었다. 주먹을 쥔 길승호의 오른손엔 핏물로 뒤엉킨 볼펜 한 자루가 쥐어져 있었다. 그것으로 제 눈을 찌른 것이다.

길승호가 민서에게 말을 건넸다. '멈추지 말라고. 여기서 멈추면 나를 붙잡은 것에 대한 최소한의 예의를 짓뭉개는 거라고.' 그렇게 소리쳤다. 민서는 죽은 후에도 볼펜을 쥔 주먹을 풀지 않는 길승호의 손을 붙잡으며 그의 외침을 듣고 있었다.

10

유동구가 서희를 데리고 간 곳은 우면산 자락에 위치한 골프 연습장이었다. 거대한 규모의 골프 연습장. 야간 조명 전체가 점등된 상태여서 지나칠 정도로 밝았다. 하지만 단 한 사람을 제외하고는 그곳을 사용하는 사람은 아무도 없었다. 그 단 한 사람의 골프채 휘두르는 소리가 쓸쓸하면서도 분명하게 들려왔다.

서희가 홍 의원 앞에 선 후에도 그는 한동안 서희를 보지 않고 연습 샷을 휘두르는 일에만 열중했다. 굳게 다문 입술과 무거운 눈빛, 규칙적으로 반복되는 몸의 움직임을 서희는 미동도 않은 채 지켜봤다. 유동구와 일행 역시 침묵 속에서 둘의 모습을 살폈다.

서른 번 정도의 연습 스윙을 마친 홍 의원이 이마의 땀을 닦으며 손짓으로 보좌관을 불렀다. 보좌관은 빈손으로 홍 의원에게 오지 않았다. 인쇄된 보고서를 갖고 있었다. 보좌관이 홍 의원에게 다가간 뒤 곧바로 서희에게 보고서를 보여주었다. 서희가 보고서의 내용을 확인했다. 내일 자 주요 일간신문 정치면에 송고될 기사 내용이 출력되어 있었다.

해능시 보궐선거 당선자 김서희 의원. 선거자금법 위반 혐의 포착. 곧 검찰 수사가 이뤄질 듯.

기사 내용은 바로 서희에 관련된 이야기였다. 제목만 읽고서도 서희는 기사가 어떤 방향으로 작성된 것인지 짐작할 수 있었다.

"이게 뭐죠?"

"내일 신문 1면에 나갈 내용이다. 좌우 가릴 것 없이."

"선거운동을 도와주신 건 홍 의원님이세요."

"서희야."

자리에 앉은 홍 의원이 서희를 올려다보며 말했다. 명령도, 부탁도 아니었지만 간곡했고 그만큼 견고한 압박이 실감되는 말이었다.

"아버지의 뜻을 잇도록 해라. 더 이상 쓸데없는 일에 관심 쏟지 말고."

홍 의원의 짧고 명료한 한마디 말에 그간 서희가 추적하고 있었던 사안 전체가 함축되어 있었다. 그가 말을 마치자마자 한 걸음 떨어져 있던 유동구가 서희의 곁으로 다가오며 부연 설명을 해주었다.

"이 건은 단지 김 의원님의 의중을 확인하기 위함이니 너무

염려하지 않으셔도 됩니다."

홍 의원이 말을 받았다.

"법안 처리 끝내고 민관 합동 사업 설명회까지 무사히 마치면 검찰 조사는 해프닝으로 처리될 거다. 그러니."

하지만 서희는 홍 의원과 유동구의 협박성 발언에 관심을 두지 않았다. 말없이 듣고만 있던 그녀가 재킷 주머니에서 내내 품고 있던 한 가지 물품을 꺼내 홍 의원에게 건네주었다. 검은 케이스에 담긴 반지였다. 홍 의원과 유동구가 그 반지를 발견하는 순간 긴장했다. 서희가 말했다.

"아버지가 돌아가시기 전 남긴 유품이에요."

"……."

별 두 개가 나란히 조형화된 금빛 반지. 서희가 그 반지의 공통점을 말하는 순간 경직된 홍 의원의 낯빛이 돌연 험악하게 일그러졌다.

"아버지도, 홍 의원님도 그리고 한때 저희 시아버님이었던 정영문 사회통합위원장님도 함께 모이는 중요한 행사 때마다 이 반지를 끼고 계셨던 거, 저 분명히 기억해요."

"그만하라고 했잖아!"

하지만 홍 의원의 호통은 서희에게 아무런 자극도 되지 않았다. 다만 그녀는 안타까울 뿐이었다. 더 이상 아버지의 친구를, 존경했던 이들을 존경할 수 없을지도 모른다는 불안이 두렵고 싫었다.

"홍 의원님."

"……."

"전 많은 걸 바라지 않아요."

"……."

"다만 상훈 씨가 제게 뭘 말하고 싶어 하는지 그 하나만은 알아야겠어요."

"……."

"그걸 그만두라고 말씀하실 수 있는 권리, 의원님한테는 없어요."

"……."

"그만 가겠습니다."

인사를 하고 돌아선 순간 유동구가 서희를 가로막았다. 유동구도 적잖이 놀란 표정이었다. 강경한 태도의 서희를 가로막긴 했지만 별다른 제약을 가할 순 없었다. 죽음 혹은 명예를 담보로 한 협박이 무용지물이 될 수 있는 사람을 처음 만났기 때문일 것이다.

서희는 유동구를 쳐다보지도 않았다. 그저 천천히 그의 곁을 스치듯 걸어갔다. 홍 의원도, 유동구도 모두 서희의 뒷모습을 물끄러미 바라보았다. 당혹스러운 침묵은 서희가 아무 말 없이 골프장 밖으로 빠져나갈 때까지 계속되었다.

기업, 새로운 질서의 눈이 되다.

A. 민족, 정치, 시민, 정부, 행정 등의 개념을 신봉하는 이들은 진실을 보지 못하지. 하지만 기업은 달라. 기업은 이윤 추구 집단이야. 사악해 보이고 게걸스러워 보이지만 그만큼 투명하지. 기업은 욕망에 대해 아무것도 숨기지 않아. 바로 이러한 이유 때문에 반드시 기업의 종교화가 필요한 거야.

이 욕망이 또다시 자연, 짐승인 사람들에게 왜곡된 진실을 알려주기 전에 신을 향한 욕망의 패러다임을 온전히 선포할 수 있는 종교성이 성립되어야 하지. 단언컨대 종교적 근간을 적극 수용하는 기업은 약육강식의 질서 또는 계급의 최상층을 점할 수 있네. 흩어진 자연, 짐승인 사람들을 끌고 가며 바벨탑을 쌓을 수 있는 가장 이상적인 인류의 참 모델이 될 수 있지.

Q. 그 모델에 대해 좀 더 구체적으로 말씀해주실 수 있습니까?

A. 단순하지만 감정적인 처리가 쉬운 문제는 아니야. 가장 먼저 돈을 향한 욕망을 신을 향한 욕망으로 전환할 수 있는 선각자의 출현을 기업 구성원을 통해 이끌어내야 하지. 이때 선각자에게는 시장 감각, 이윤의 본질에 대한 직관과 같은 재능도 필요하지만 무엇보다 인류가 아닌 사람이 추구하는 솔직한 본능을 충족시켜줄 수 있는 이른바 자연 질서에 필요한 미끼를 던질 수 있는 감각이 탁월해야 해.

다수로 볼 수 있는 짐승인 사람은 자신들만의 질서를 부여받기를 원하네. 기업의 선봉에 선 선각자는 그들에게 그들만의 판을 만들어주고 그 판 안에서 현대화, 문명, 지성, 사랑 등의 모든 감정의 배설과 순환이 가능하도록 배려해줘야 하지. 물론 그 수고에 따르는 전리품은 선각자와 기업의 몫으로 돌아가. 선각자는 알고 있어. 짐승인 사람들에게 욕망의 전리품을 적당히 나누어주면 그 전리품의 규모가 점점 더 증가한다는 사실을 말이야.

Q. 재화와 물질이 한정되어 있듯 욕망의 분량 역시 한정되어 있는데, 선각자에게 욕망의 전리품이 증가한다는 예측은 어떻게 가능합니까?

A. 물론 짐승인 사람들의 욕망 분량은 점점 줄어들지. 그러면서 약육강식의 피라미드 구조가 구체화되고 강화되면서 질서의 재편이 발생하는 거야. 생태계의 질서와 마찬가지의 질서인데, 하나는 스스로 적게 쓰고 적게 받아들이는 자족과 체념의 구조이며 다른 하나는 계속 욕망하다가 스스로 도태되거나 더 크고 강렬한 욕망의 짐승에게 먹히는 질서라네. 이 두 가지 극단적 질서가 상호 조화와 균형을 맞춰나가면서 짐승들은 지속적 평화를 유지하지.

Q. 종교의 역할은 무엇입니까?

A. 참종교는 투명한 눈이라 할 수 있는 기업, 바벨탑의 역군들을 지원하고 밑의 세계, 자연의 질서에서 월권을 욕망하는 이들을 조정, 관리하는 역할을 대신 하지. 그게 바로 신이 인간에게 원하는 참인간의 길이요, 사제는 그러한 길의 밑거름 역할을 하는 거야. 시대의

수많은 성인들이 그러했듯.

Q. 사제가 되기 위한 조건은 무엇입니까?

A. 단 하나야. 심장이 아닌 머리로 행동하는 존재가 되는 거지. 감정적으로 대의를 망각하고 보편 윤리의 잣대로 새로운 질서 구축을 위한 조정과 조율의 방법론을 평가하고 판단하는 일을 해선 안 돼. 그런 맥락에서 종교인의 희생은 일반의 통념을 뛰어넘는 악역을 감당해야 할 때가 있게 되지.

Q. 악역으로서의 조정과 조율이 무엇입니까?

24000059 44~47P

머리

1

길승호의 죽음이 구치소 내 자살로 공식 발표되면서 한동안 여론과 국회 내에서 진상 규명을 요구하는 움직임이 있었다. 하지만 그러한 움직임은 산발적이었다. 게다가 길승호의 사인死因에 대한 진상을 요구한다기보다는 길승호가 자살하도록 방치한 구치소 내 감시 시스템의 허술함을 탓하고 재발 방지를 요구하는 성토가 주류였다.

그러한 분위기 속에서도 민서를 중심으로 한 서울특별시 광역수사대 팀원에 대한 포상과 격려식 행사는 예정대로 거행되었다. 마침 새로운 경찰청장이 임명되는 임명식도 예정되어 있어 괜한 겉치레라는 비난도 피할 수 있었다. 승진 명단의 선봉은 단연 민서였다. 비록 검찰 조사 중에 비명횡사하긴 했어도 길승호는 잠정적으로 희대의 연쇄살인범이라는 굴레에서 벗어날 수 없었다. 그런 살인범을 검거했으니 1계급 특진은 당연한 분위기가 되었다.

경찰회관에서 경찰청장 임명식이 거행되었다. 임명식 식순을 마치고 곧이어 1계급 특진 및 특별 포상식이 이어질 예정이었다. 당연히 민서는 특별 포상자 대표로 경찰청장의 격려 인사와 참석한 경찰 간부 300여 명 앞에서 대한민국 경찰의 위상을 고하는 짤막한 연설을 할 예정이었다. 그런데 대강당 앞자리에 마련된 민서의 자리에 정작 당사자가 보이지 않았다. 꽃다발을 준비한 민서의 하객들, 나이 든 노모와 그 노모가 도맡아 키우다시피 한 열 살 난 아들은 그가 자리를 비웠다는 사실을 전혀 알지 못했다. 그건 광역수사대 팀원들 역시 마찬가지였다. 임명식 시작 10분 전에는 돌아온다는 말을 남겼었지만 그는 끝내 임명식이 시작된 후에도 돌아오지 않았다. 물론 누구의 전화도 받지 않았다.

종적을 감춘 건 민서만이 아니었다. 또 한 명, 이번 특진 명단에 함께 포함된 신참 형사이자 민서의 까마득한 경찰대 후배인 호규였다. 두 사람 모두 약속이라도 한 듯 증발해버렸다.

2

달리는 차 안. 민서의 SUV 운전석과 조수석엔 호규와 민서가 나란히 타고 있었다. 덥수룩하게 기른 수염, 초췌하지만 살아 있는 눈빛의 민서가 손에 들고 있는 서류를 검토하고 또 검토했다. 호규가 좀 더 속도를 내려 하자 민서는 콘솔 박스에서 경광등을 꺼내 차 지붕 위에 부착했다. 요란한 사이렌 소리가 울려 퍼졌다.

먼저 침묵을 깬 건 민서였다. 민서는 서류에서 눈을 떼지 않은 채로 말문을 열었다.

"지금이라도 늦지 않았어. 돌아가."

"반장님이 돌아가시지 않으면 저도 돌아가지 않습니다."

민서가 호규를 바라봤다. 호규는 더욱 힘껏 액셀러레이터를 밟았다. 주위 차량들의 신경질적인 클랙슨 소리가 둘의 귓가를 할퀴듯 휩쓸고 지나갔다.

"넌 내가 지금 분명한 증거를 갖고 추적하고 있다고 생각하는 거야?"

"그게 아니어도 상관없어요."

"무슨 뜻이야?"

"반장님 심정, 조금은 이해할 것 같아서요. 그래서 동행을 자청한 거예요."

"내 마음이 어떨 것 같은데."

"글쎄요."

"……."

"엿 같은 것?"

호규의 그 한마디엔 반박하거나 대꾸할 수 없는 힘이 느껴졌다. 민서 자신의 솔직한 심정을 압축한 한마디였기 때문이다.

길승호의 죽음을 자살로 마무리해버리는 검찰과 국과수의 일사불란한 수사 태도와 매듭짓기의 분위기 속에서 민서는 진실이 어느새, 아니 또다시 저 너머로 달아나버렸다는 아득한 절망감을 느껴야 했다. 물론 절망을 절망으로, 모호해진 진실을 진실로 받아들일 수도 있었다. 살면서, 살아가면서 날것으로 목도하게 되는 진실과 몇 번이나 조우할 수 있겠는가. 하지만 이 사건은 달랐다. 이 사건의 두 주인공인 길승호와 정상훈은 이미 살아 있는 사람이 아니다. 한 사람은 사지가 토막 난 채, 또 한 사람은 스스로 두 눈을 후벼 파놓은 채 목이 매달려 소중한 목숨을 잃었다. 현상만으로 보면 이처럼 투명한 사건이 더 있을까 싶을 정도지만 그 현상 자체가 민서에겐 형벌과 같은 하나의 주문이었다. 길승호의 죽음과 그 배후의 은폐 앞에서 민서는 진실을 외면할 수 없었다. 잘려 나간 한 사람의 신체, 그 몸의 주인이 지금 민서에게 사건의 진실을 목도할 것을 강요하고 있었다. 그 강요를 받아들인 당사자로 하여금 아무것도, 최소한의 다른 여지도 모색하지 못하게 만드는 강요. 그것은 처절했다.

3

강원랜드 카지노룸. VIP룸이 아닌 일반, 그중에서도 내국인 전용 룸은 변두리 오락 게임장만큼이나 번잡했고 느슨해 보였다. 저마다 양복 차림이긴 했지만 밤을 지새우거나 두 갑 넘게 피워댄 담배 탓에 헝클어진 머리와 비틀린 자세로 가까스로 파친코 머신의 조작 버튼만 눌러댈 뿐이었다.

민서는 한 장의 사진을 들고 일반 룸 전체를 훑어보기 시작했다. 호규도 함께였다. 그러던 중 민서가 찾아내고자 하는 또 다른, 어쩌면 결정적일 수 있는 사건의 끈을 먼저 발견한 건 호규였다. 일반인 룸 왼쪽 마지막 파친코 기계 앞에 앉아 있는 한 남자를 발견한 호규가 민서에게 눈짓으로 남자를 가리켰다. 남자를 확인한 민서가 사진 속 인물과 남자를 대조했다. 동일했다. 다만 사진 속 말쑥한 차림새와는 정반대의 모습에 인상을 찡그릴 정도였다. 폐인이 다 된 남자는 단추를 두어 개 끄른 셔츠 차림에 넥타이를 느슨하게 풀어놓은 채 입에는 말보로를 물고 있었다.

남자가 누구인지 확인한 이후 민서의 행동은 호규로서도 전혀 예측 불가였다. 때문에 당황할 수밖에 없었다. 호규도, 카지노를 지키는 방호 직원, 청원경찰까지도. 하지만 민서는 주변 상황에 전혀 신경 쓰지 않았다. 그럴 겨를이 없다는 것이 더 솔직할 것이다.

남자를 발견한 민서는 그를 향해 막무가내로 린치를 시작했다. 앉아 있던 남자의 어깨를 밀쳐 바닥에 쓰러뜨린 다음 발, 머리, 허리 등 신체 부위에 상관없이 그를 두들겨 패기 시작했다. 놀라 다가온 청원경찰을 호규가 가로막고는 광역수사대 신분증을 보여주었다. 일반인 룸 의자에 앉아 있는 손님들은 주위 상황에 둔감했다. 그들은 바로 옆자리에서 사람이 죽어나가는 것에도 신경 쓰지 않을 만큼의 무심함으로 일관했다.

남자가 피투성이가 된 후, 민서는 긴 한숨을 내쉬며 호규에게 남자를 밖으로 끌고 나올 것을 지시했다. 민서는 어지러움을 느꼈다. 현란한 도박장의 실내 조명이 민서의 어지러움과 혼란을 가중시켰다. 민서는 이 모든 것이 성가시기만 했다. 절차와 상명하복의 질서를 신처럼 숭배해야 하고 명확한 증거를 확보해야만 하는 경찰이라는 자신의 신분이 이토록 거추장스러웠던 적은 없었다. 민서는 다시 한번 확인하고 말았다. 진실은 법과 원칙 그 너머에 있다는 사실을 말이다. 그 너머에 있는 진실을 확인하거나 폭로하기 위해 필요한 것이 법과 원칙의 프레임 너머에 있다는 사실까지도.

4

"김병식."

"너 뭐야?"

"전직 CS 화학 총무과 차장. 지금은 공금횡령 혐의로 해직되고 재판 중이지."

"너 어디서 보냈어? CS 그룹이야? 씨발, 난 지금 재판 중이야. 재판 중인 사람 건드리면 어떻게 되는 줄 알아?"

민서는 김병식과 더 긴 말을 섞고 싶지 않았다. 정상훈의 죽음과 관련된 내막의 실마리를 갖고 있는 인물의 발견을 별다르게 기념하고 싶은 마음도 깡그리 사라지고 없었다. 길승호가 검거되었을 때, 민서는 길승호와 김병식의 대질심문을 계획했었다. 서희가 입수해서 넘겨준 우성 조선 도료 공장 출입 기록에서 주요 인물 중 하나는 박민구라는 가명을 사용한 정상훈이고 또 다른 한 명은 바로 김병식이었다.

계좌 추적 결과 역시 김병식의 사건 관련성을 증폭시켰다. 재판 중인 김병식의 통장 계좌를 추적한 데이터에서 민서가 발견한 것은 당시 우성 조선 노조 위원장 김필연 명의로 된 통장으로 적잖은 액수의 돈이 송금된 정황이었다. 김필연에게 들어갔던 돈이 일부분, 이를테면 1000만 원, 2000만 원 정도의 차감된 액수가 다시 김병식의 통장으로 재입금되는, 그러한 패턴이 지난 12월 24일 이전까지 근 반년간 꾸준히 이뤄지고 있었다.

김병식에게 소송을 건 CS 측은 김병식이 김필연에게 건넨 거대한 자금들은 공금을 횡령한 것으로 판단했다. 그러나 민서의 생각은 달랐다. 민서는 김필연에게 계속해서 돈을 건넨 정황과 함께 김병식이 총무과 내에서 약품 물류 지원 담당이었다는 사실을 결코 외면하지 않았다. 김병식이 CS 화학 선임 연구원이던 정상훈에게 단독으로 화학 시료를 구매해 전달한 사실, 그리고 12월 24일을 앞둔 이전 한 달여 동안 정상훈과 함께 우성 조선 도료 공장을 출입했다는 사실이 12월 24일에 일어난 사건이 무엇이었는지 알려주는 유일한 실마리란 것을 끝까지 파헤치고 싶었다. 그것은 죽은 정상훈이 말하고자 했던 진실의 외침과도 같았기 때문이다.

민서는 보다 더 명확하게 진실을 규명하고 싶은 욕망이 앞섰다. 카지노 로비로 남자를 데리고 온 민서는 그 후에도 막무가내식의 린치를 한두 번 더 가했다. 물리적 폭력은 때론 당하는 상대에게 믿을 수 없을 정도의 공포를 안겨준다. 민서의 방법은 주효했다. 남자의 항변과 경고에도 민서는 무정한 짐승의 낯빛을 하고는 계속해서 그를 난타했고, 이에 남자의 기세는 그대로 꺾이고 말았다.

실성할 정도로 구타당한 남자에게서 저항의 의지가 없음을 확인한 민서가 의자에 앉은 남자를 내려다보며 말문을 열었다. 민서의 말은 간결하면서도 분명했다.

"잘 들어. 두 번 말하지 않아."

"뭐, 뭐야? 너……."

"12월 24일 우성 조선에서 열 명이 죽었어. 열 명 모두 사측에서 악성 분자로 분류한 강성 노조 위원들이었고. 그 사건 이후로 우성 조선의 직장 폐쇄는 일사천리로 진행되었어. 곧바로 CS 화학의 우성 조선 부지 매입이 본격화되었고."

"……."

"그날의 목격자는 다 죽었어. 환경미화원, 방호실 직원, 노조 위원 그리고 남은 건 너와 김필연, 둘뿐이야."

"도대체 뭘 원하는 거야? 원하는 게 뭐야?"

"그날, 12월 24일에 무슨 일이 있었는지 말해. 그럼 끝나."

그렇게 말한 민서가 총집에서 총을 꺼내 들었다. 한 번의 망설임도 없이 총집을 벗어난 총구가 남자의 관자놀이에 접촉되었다. 방아쇠에 손가락을 건 민서의 표정엔 아무런 변화도 없었다. 남자는 그런 민서의 얼굴을 보며 거역할 수 없는 무심함을 실감했다. 민서의 현재가 그랬다.

"정상훈이 무슨 실험을 했는지 따위는 궁금하지도 않고 궁금할 것도 없어. 그것만 말해. 정상훈의 실험으로 왜 열 명이 죽어야 했는지, 그게 끝인지 시작인지 그것만 말하면 돼."

"……."

"넌 알고 있잖아."

"……."

"모르면…… 넌…… 죽어. 왜냐고?"

"……."

"너도 공범이니까. 정상훈, 길승호 모두 공범들이니까. 너희들이 면죄받을 수 있는 최후의 기회야. 난 그 최후의 기회를 제공하는 거라고."

남자의 눈빛이 흔들렸다. 알 수 없는 만성 불안에 잠긴 눈빛이 일으키는 동요와 파문은 오래된, 너무 오래되어 이제는 사라진 고통의 옛 흔적을 되살려내는 듯했다. 민서는 자신이 겨누는 총구에 남자가 위협받지 않는다는 걸 잘 알고 있었다. 지금 방아쇠를 당겨도 남자는 아무것도 말하지 않을 거라는 사실도. 그러나 민서는 어쩔 도리가 없었다. 이것 외엔 자신이 할 수 있는 게 아무것도 없었기 때문이다. 총을 쥔 민서의 손이 격심하게 흔들렸다. 둘의 동요를 호규가 초조하게 지켜봤다.

결국 흔들리는 남자의 눈빛이 먼저 억제되었다. 눈길을 아래로 떨어뜨린 남자가 체념한 듯 핏물로 뒤엉킨 입술을 벌리며 몇 마디 말을 내뱉었다. 더없이 나약하고 두려움으로 점철된 소시민의 눈빛이었다. 민서가 천천히 그의 관자놀이로부터 총구를 거두었다.

"약속해요."

"뭘?"

"날 보호해주겠다고."

남자가 다시 민서를 올려다보았다. 비록 자신에게 무자비한 폭력을 가한 상대였지만 남자 역시 지금 민서 외에는 의지할 곳이 없다는 느낌을 강하게 받았다. 슬픈 일이었다. 비애의 감정을 억누르고 민서가 답했다.

"약속하지."

"당신…… 보도를 통해 봤어요. 길승호 검거한 사람이라고."

"맞아."

"난…… 죽기 싫어요. 그러니까."

"두 번 다시 그런 일은 없어."

"내 가족들에게도 연락이 끊긴 지 벌써 반년째예요.

"서울로 가지."

"……."

민서의 부축을 받으며 남자가 일어섰다. 호규가 그때 민서에게 휴대전화를 꺼내 들어 보였다. 민서가 물었다.

"어디?"

"광역수사대 본부 전화예요. 거절할까요?"

"아니야, 받아."

"받아요?"

"그래, 받아서 지원 요청해. 여기 위치 알리고."

"예."

호규가 전화를 받는 사이 민서가 남자를 뒷좌석에 태우고는 자신은 운전석에 올라탔다.

5

남산자유총연맹 지하 대강당, 유정은 그곳에서 '파양 교포 자녀들 새 삶 후원의 날'이란 다소 생소한 이름의 행사를 준비 중이었다. 12월 24일. 크리스마스를 앞두고 예정된 행사 준비였고 유정은 그 행사의 준비 위원장으로 내정되어 있었다.

좌석 지정과 행사 준비를 지휘하던 유정이 서희와 마주했을 때, 그때의 유정은 더 이상 호의도 혹은 적대감도 아닌 관계성을 지닌 눈빛으로 바라봤다. 서희 역시 유정의 반응을 어느 정도 예견했는지도 모른다. 상훈과 헤어진 후, 그리고 상훈의 충격적인 사건을 접한 뒤 유정과의 세 번째 만남에서 서희는 이미 너무 많은 것을 알아버리고 말았고, 유정은 서희 앞에 불편한 진실이 드러난 것이 이제는 고인이 된 상훈의 선략이었음을 알게 되었다.

서희가 원하든 원치 않았든 알게 된 진실 앞에서 유정과 서희는 잠시 침묵했다. 행사장에서 자리를 옮겨 대기실 의자에 앉은 서희는 문득 자신의 국회의원 당선일 다음 날을 떠올렸다. 그날도 이곳, 대강당 대기실에서 정영문 위원장을 만났었다. 지금 유정이 앉아 있는 자리에 앉아 있던 그가 그녀에게 상훈의 유서를 건네주었던 것이다. 차라리 그 유서를 건네주지 않았다면 어땠을까. 서희는 자신에게 닥쳐온 진실을 여전히 부정하고 싶었다. 최소한의 믿음도 깨져버린 상태에서 생존할 수 있는 인간은 결코 많지 않다. 서희에겐 지금 아무런 믿음의 토대도 남아 있지 않았다.

불편한 사족을 거두고 서희가 유정에게 몇 장의 서류를 내밀었다. 파양 아동들의 입양 단체인 새일회의의 미국 팸플릿과 몇 장의 인쇄 용지였는데, 회원들만 열람이 가능한 카페 홈페이지 게시판 내용이었다. 유정은 서희가 테이블 위에 올려놓은 자료를 말없이 내려다보기만 했다.

"새일회의라는 곳의 후원자 명단에 저희 아버지와 홍 의원님 그리고 아버님이 있었어요. 아가씨가 이곳의 실행 위원으로 활동 중이시더군요."

"홈페이지 비밀번호는 어떻게 알았어요?"

담담하면서도 떨리는 음색이 서희의 청각을 자극했다. 서희가 마른침을 한 번 삼키고 대답했다.

"11, 59. 상훈 씨가 제게 남긴 유언이었어요. 동시에 그 숫자,

길승호란 사람도 함께 남겼죠."

"그런데 왜 절 보자고 했어요? 이미 말했잖아요. 상훈 오빠와 승호 오빠, 모두 미국에서 파양되어 아버지에게 다시 입양된 자녀들이라는 사실 말이에요."

"아니요. 틀렸어요."

"무슨 말이에요?"

"그건 진실이 아니에요. 아가씨는 진실을 내게 말해주지 않았어요. 아버님도요."

"진실? 도대체 뭐가 진실이란 말이에요? 진실은 하나예요. 미국 생활에 적응하지 못한 승호 오빠가 사이코패스가 되어 상훈 오빠를 살해했단 사실 말이에요. 그 비극이 진실의 전부예요. 이제 언니도 그 사실을 인정하는 게 맘 편하지 않겠어요?"

"아가씨는 분명히 읽었을 거예요."

"무엇을요?"

"카페 게시판을 통해 상훈 씨와 길승호란 사람 사이에 오간 대화를요."

서희가 내민 서류 한 장. 그것은 게시판의 올린 두 개의 글이 인쇄된 출력물이었다. 유정은 그 내용을 확인하기 싫었는지 시선을 창가로 돌렸다. 서희가 글의 내용을 대신 전달해주었다.

"결론부터 말할까요?"

"……."

"상훈 씨는 길승호가 유다가 되기를 바랐어요. 길승호는 기꺼이 그 역할을 감당했고요."

"……."

"상훈 씨는 신으로부터 버려진 카인이었어요. 그럼, 그 신은 누굴까요?"

"언니, 그만해요. 이건 아버지와 아무 상관 없는 일이에요."

"아가씨는 아무것도 모른다고 했어요. 하지만 아가씨는 모든 걸 알고 있어요. 아버님이 상훈 씨와 다른 파양 아이들에게 기업으로부터 후원을 받아 교육시키고 국위선양에 필요한 역군을 만드는 것 외에 또 다른 역할을 기대했다는 거 말이에요. 상훈 씨, 길승호. 이 두 사람이 그걸 거부한 거예요. 아버지의 뜻을 거부한 거죠. 상훈 씨는 버려진 신의 아들이고 길승호는 그 신의 아들을 세상이란 시장 앞에 내다 판 유다예요."

"그만하라고요!"

"눈, 코, 입, 발 그다음엔 머리. 그리고……."

"……."

"그리고 심장을 내다 팔았죠."

다시 침묵이 흘렀다. 유정은 충혈된 눈으로 창가를 응시했다. 정오의 햇살은 맑고 투명했다. 서희의 마음은 후련하지도, 후회도 없었다. 다만 기대했다. 서희에겐 처음부터 이 모든 일이 부정에 대한 기대였다. 자신에게 닥쳐온 상훈의 훼손된 시신도, 그가 남긴 유서의 비밀도, 그리고 아버지 김 의원의 죽음까지도 불의의 사고 혹은 자연의 순리이길 바랐다. 이런 식의 일그러진 신의 섭리와 그에 대한 고발의 연속성이 인정되는 것을 결코 원하지 않았던 실낱같은 기대, 그 기대에 대한 보답을 마지막으로 유정에게서 얻고 싶었다. 하지만 그 기대는 이제 서희의 인식 속에서 완전히 사라졌다. 유정은 이 모든 사실에 대해 부정하지 않았다.

먼저 유정이 일어났다. 약간 붉어진 눈가의 뜨거움을 제외하곤 유정의 모든 것은 다시 예전의 일상 그대로였다.

"미안해요. 나 일이 바빠 먼저 내려가봐야겠어요."

"그래요."

"한 가지만 물어도 될까요?"

"말해요."

"앞으로 어떻게 할 건가요, 언니?"

"그 답은 상훈 씨가 가르쳐줄 거예요."

"부탁인데요, 언니."

"……."

"아버지의 뜻을 거스르지 않았으면 좋겠어요."

"……."

"겉으론 이해할 수 없지만 아버지의 결정엔 그럴 만한 절대적인 이유가 있어요. 그걸 믿어야 하는 게 세상이고요."

"아가씨, 미안하지만……."

"언니."

"아버님의 뜻에 대한 판단은 제가 직접 아버님께 듣고 결정할 거예요."

"……."

"겉으로 이해할 수 없다면 속도 이해할 수 없어요."

서희의 말을 들은 유정이 한참을 망설였다. 무언가를 더 말해주고 싶은 마음과 함께 그녀의 눈빛 속엔 헤어짐에 대한 두려운 기색이 역력했다. 서희는 순간 짐작했다. 자신에게 일어난 일들의 불가해성에 대해. 하지만 그 불가해성을 이해하지 않은 상태로는 죽을 수도, 물러설 수도 없다는 생각이 서희의 마음에 더욱 크고 높은 담력의 울타리를 만들었다.

6

서희의 등골이 서늘해졌다. 엘리베이터에서 내려 자신의 차가 있는 곳으로 한 걸음 옮기는 순간이었다. 서희의 시선 속에는 아무것도 보이지 않았다. 하지만 음울한 지하 주차장의 어둠 속에 살의를 품은 그 무언가가 자신을 표적으로 삼고 있다는 직관을 서희는 외면하지 못했다.

한 걸음 더 옮기려던 서희의 발걸음이 갑자기 멈춰 섰다. 그녀는 휴대전화를 들었다. 그러고는 112에 전화를 걸었다. 서희는 자신의 신분을 밝히고 현재 위치를 알렸다. 그다음 자신에게 테러 위협이 있다는 말도 덧붙였다.

나지막한 목소리로 통화를 이어나갔지만 인적도 없는 남산 지하 주차장에서 서희의 목소리는 또렷이 울려 퍼졌다. 통화에 의존해 서희는 두려운 마음을 최대한 억누르고 한 걸음 한 걸음 자신의 차가 있는 곳을 향해 걸어갔다. 주위를 둘러볼 겨를도 없었다. 스산한 살의의 비린내가 그녀의 후각을 강하게 자극했다.

통화를 끝냄과 동시에 서희가 운전석에 올라탔다. 문을 잠근 다음 전조등을 켰다. 거대한 지하 주차장엔 몇 대의 차량 외엔 다른 것은 보이지 않았다. 서희는 침묵 속에서 경찰이 오기만을 기다렸다. 차량의 시동을 켜는 일도 하지 않았다.

그때 한 차례 휴대전화 진동음이 울렸다. 발신자를 확인한 서희는 서둘러 전화를 받았다. 발신자는 민서였다. 언제나 그랬듯 민서는 자기 신분부터 밝히는 의례적 절차를 생략하지 않았다.

"서울 광역수사대 주민서 반장입니다."

"알고 있어요. 말씀하세요."

"부군께서 벌이셨던 프로젝트가 무엇인지 알게 되었습니다. 참고인도 확보했습니다."

"그러셨군요."

"전 원점에서부터 이 수사를 다시 시작할 생각입니다. 그렇게 되면 고인의 명예도 얼마간, 아니 치명적으로 훼손될 수도 있을 겁니다. 그건 돌아가신 의원님 부친의 경우도 예외는 아닐 거고요."

"……."

"전화드린 건 의원님의 양해를 구하기 위함은 아닙니다."

"그럼?"

"의원님도 저와 같은 생각이신지 여쭙고 싶어서요."

"어떤 생각을 말하시는 거죠?"

"세상 밖으로 드러나지 말아야 할 진실은 없어야 한다는 게 제 생각입니다. 제가 너무 감상적인 걸까요?"

"아니에요."

"……."

"그 생각에 저도 동의해요."

"고맙습니다."

"반장님."

"예."

"조심하세요."

서희가 '조심하라'는 말을 하는 순간 맞은편 검은색 세단의 시동이 켜졌다. 두 대가 연속해서 시동을 켜더니 빠른 속도로 주차장 출구를 빠져나갔다. 세단 두 대가 빠져나간 직후 경찰차 두 대가 지하 주차장 안으로 들어왔다. 서희는 통화 종료 버튼을 누르고 차 밖으로 나와 출동한 경찰들을 맞이했다.

7

서울로 향하는 길목, 사설 휴게소를 들른 민서는 자신의 SUV에 주유를 했다. 차량 밖으로 호규가 나와 있었고, 뒷좌석엔 초췌한 몰골의 김병식이 몸을 좌석 깊이 파묻은 채 잠들어 있었다.

민서의 지원 요청에 팀원들은 이 휴게소를 가르쳐주었다. 내비게이션으로도 포착하기 어려운 이곳에 도착한 지 10분 정도 지났을까. 주유를 마칠 즈음 두 대의 차량이 휴게소 안으로 들어왔다. 한 대는 익숙하게 보아온 같은 팀원의 개인 차량이었다.

차량에서 자신의 팀원들이 내리는 걸 확인한 민서가 손을 흔들어 보였다. 그러고는 뭔가 생각났는지 휴대전화를 다시 꺼내 방금 전 통화했던 서희에게 단문의 문자를 전송했다.

그 순간, 믿기 힘든 일이 벌어졌다. 요란한 총성이 터져 나왔다. 놀라 고개를 든 민서의 눈앞에 차량에 기대고 서서 팀원들을 손짓으로 반기던 호규의 몸 전체에 핏방울이 번져 오르는 모습이 펼쳐졌다.

김병식의 죽음 역시 순식간에 벌어졌다. 호규의 심장과 머리에 총격을 가한 같은 팀 동료들의 표적은 호규가 아니었다. 그들은 차량 뒷좌석에 앉아 있던 김병식이 총소리에 놀라 문을 열고 도망치려는 찰나를 놓치지 않았다. 세 명의 팀원이 달려들어 총격을 해댔고 차 유리가 산산조각 남과 동시에 김병식의 이마 아래로 검은 핏물이 거침없이 쏟아져 내렸다.

다른 하나의 차량에서 광역수사대 수사계장과 다른 부서에서 파견된 강력계 형사 셋이 내리더니 민서를 향해 다가왔다. 민서는 믿기지 않는 이 상황에서 무엇을 어떻게 해야 할지 판단이 서지 않았다. 다만 자신을 향해 다가오는 이들이 방금 전 자신이 지원 요청을 했던, 생사고락을 함께했던 같은 팀원이라는 사실만 또렷할 뿐이었다.

민서를 바라보는 수사계장은 안쓰럽다는 표정보단 성가시다는 표정이 역력했다. 한 걸음 한 걸음 그들의 걸음걸이에는 전혀 망설임이 없었다. 민서가 본능적으로 총집에서 총을 꺼내 들었을 때였다. 민서의 행동을 발견하자마자 다른 부서의 강력계 형사들이 민서를 향해 저마다 다른 신체 부위를 조준하고 총격을 가했다. 순식간에 민서의 몸은 벌집이 되어버렸다. 민서는 그 자리에 주저앉았고, 눈을 뜬 채로 숨을 거뒀다. 형사들이 쓰러진 민서의 몸을 수색하기 시작했다. 수사계장이 담배를 입에 물고 불을 붙이는 동안 형사 한 명이 민서의 몸에서 무언가를 꺼냈다.

"녹음기 여기 있습니다."

수사계장이 물었다.

"휴대전화는?"

"총에 맞아 박살 났습니다."

"됐어. 그건 버려."

"녹음기 확인해볼까요?"

"물론."

녹음기를 반복해서 몇 번이고 재생했다. 녹음기 안에는 민서와 김병식이 나누었던 대화 내용이 담겨 있었다. 중요한 몇 부분을 확인한 수사계장이 다음과 같이 말했다.

"이것도 처리해."

"알겠습니다."

수사계장이 담배를 피우는 동안 한 대의 구급차와 두 대의 경찰차가 요란한 사이렌 소리를 울리며 휴게소 안으로 들어왔다. 주유원까지 살해한 수사계장과 그 일행들은 또 다른 목격자가 있는지 살폈다. 휴게소 안은 놀라울 정도로 고요했다.

8

Q. 그날이 언제지?

A. 작년 12월 24일이에요. 성탄절이라 똑똑히 기억합니다.

Q. 그날도 정상훈과 함께 우성 조선에 내려갔어?

A. 그렇습니다. 제가 푸념했어요. 성탄절에도 저런 싸움판에 찾아가야 하는 거냐고요. 그랬더니 정 연구원이 나한테 그러더군요. 이제 더 이상 오지 않아도 될 거라고.

Q. 정말 그다음 날부터 그곳에 가지 않았지?

A. 그렇죠. 그렇게 됐죠.

Q. 그래. 그럼 핵심으로 들어가보자. 12월 24일. 둘은 정확히 우성 조선 어디로 들어간 거지?

A. 점심을 먹고 오후 1시쯤 도료 공장 임시 사무실로 들어갔어요.

Q. 그곳엔 무슨 이유로 들어갔지?

A. 그날 우성 조선 노조 위원장하고 우성 조선 사측 관계자하고 고용 문제로 담판을 짓는 일이 있었어요.

Q. 공식적이었나?

A. 물론 비공식이었어요. 왜냐하면 사측 협상 대표가 우성 조선 관리

부가 아니라 CS 전략 기획부였거든요.

Q. 왜 CS 전략 기획부가 협상 테이블에 올라간 거지?

A. 명목은 향후 우성 조선 일부 부지에 CS 신재생에너지 발전소 건립 참여에 있었지만 진짜 이유는 다른 데 있었던 것 같아요.

Q. 그게 뭔가.

A. 일종의 실험이죠.

Q. 실험?

A. 다소 극단적일 수 있는데, 그룹 이익의 목적성에 부합되지 못하는 세력의 제거를 초자연적인 방법으로 구현하겠다는 이론의 실천 같은 거였어요.

Q. 초자연적인 방법이 무엇이지?

A. 그걸 실천한 게 정 연구원이었죠.

Q. 화제가 다른 질문일 수 있겠는데, CS 그룹이 왜 굳이 정부 관료들의 지시를 받는 민관 합동 사업인 신재생에너지 사업에 공을 들였는지에 관해 아는 바 있나?

A. 정부 관료 모두 CS 그룹에 직간접적으로 연결된 네트워크의 손아귀에서 놀아나는 사람들이에요. 한마디로 그 나물에 그 밥이죠. 모양새는 정부의 지시를 받는 것 같지만 결국 모든 건 CS 그룹의 머리에 의해 지배되죠. CS 그룹은 대내외적으로 정부의 국책 사업에 봉사하는 이미지를 갖게 되면서 정부 주도의 자본을 제 것처럼 유용할 수 있기에 더없이 적합한 사업이라고 판단했던 것 같아요.

Q. 정확히 신재생에너지 사업이란 게 어떤 거지?

A. 언론과 전문가가 말한 결과는 모두 이후에 만들어진 거예요. 사실

그 사업은 아무것도 아닌 사업이에요.

Q. 그게 무슨 말이야? 아무것도 아닌 사업이라니?

A. 에너지 개발이란 용어만큼 불분명하면서도 필요성이 강한 용어는 없을 거예요. 어떤 사업을 추진하든 에너지 개발이란 말만 붙이면 그만이죠. 일단 특별법이 제정되고 나면 신재생에너지 사업은 정부의 눈먼 돈을 사금고처럼 사용할 수 있는 가장 유용한 수단이 될 거라고 봤어요. 그래서 그룹 차원에서 사활을 걸었던 것으로 알고 있어요. 제가 아는 건 여기까지입니다.

Q. 그래, 그럼 다시 12월 24일 오후 1시로 돌아가지. 그날 우성 조선의 사측 관계자가 아닌 CS 전략 기획부에서 파견된 사람들이 모였겠지?

A. 그렇죠.

Q. 정확히 기억나나?

A. 장국현 부장하고 최익현이란 CS 그룹 소속 로펌 변호사였어요. 둘 다 저와 같은 계열사 소속이라 잘 알고 있었죠.

Q. 협상 내용은 어땠나?

A. 협상이랄 게 없었어요.

Q. 그럼 뭐지?

A. 장국현 부장이 일관되게 말한 건 대단히 추상적인 논제였어요.

Q. 구체적으로 기억나는 게 있나?

A. 일종의 모욕이었죠. 인구 조정론과 핵심 인재론에 대한 교설이었는데, 가만히 듣고 있던 우성 조선 노조 관계자들이 화를 내며 자리에서 일어났죠.

Q. 밖으로 나갔나?

A. 그렇죠. 그들이 임시 사무실에서 나갔어요. 그런데 일은 그다음부터 벌어졌죠.

Q. 무슨 일이 벌어졌지?

A. 장국현 부장이 내게 가방에서 꺼낸 방독면을 건네줬어요. 난 영문을 몰랐지만 장국현과 최익현이 서둘러 방독면을 쓰기에 저도 성급한 손짓으로 방독면을 썼어요. 그러고는 장국현이 임시 사무실 문을 잠갔죠.

Q. 밖은 어땠나?

A. 도료 공장 정문이 잠겨 있었어요. 김필연이라고 알려진 노조 위원장이 정문을 잠근 걸로 알고 있어요.

Q. 그럼 김필연은 사전에 지시를 받은 끄나풀로 봐야 하나?

A. 예전부터 장국현에게 도박 자금이나 유흥 자금을 지원받은 걸로 알고 있어요. 도료 공장을 나가려고 했던 노조 위원들이 갑자기 경련과 구토를 일으켰어요. 숨을 쉬기 어려워했죠. 그들 중 일부는 다시 임시 사무실로 들어오려고 했지만 장국현이 문을 잠가놓아 들어오지 못했어요. 그렇게 한 10분쯤 지났을까. 노조 위원으로 참석했던 열 명 모두 자리에 쓰러졌어요.

Q. 죽은 건가?

A. 숨을 쉬지 않았으니까요.

Q. 정상훈은 그때 어디 있었지?

A. 현장에 있었어요. 김필연도 함께였는데, 둘 다 방독면을 쓰고 있었어요.

Q. 당신은 총무과 차장이야. 연구원들 물품 구입을 전담했는데 정상훈이 무슨 연구를 하고 있었는지에 대해서 아는 거 없어?

A. 화학 시료 배합에 대한 건데…… 정확히는 몰라요. 하지만 고도로 정련된 생화학 무기를 연구하고 개발한다는 정도는 알아요.

Q. 도대체 왜? 그런 걸 개발하는 이유가 뭐지?

A. 그건…… 모르겠어요. 그런 건 핵심 임원이나 간부들이 결정할 문제예요.

Q. 당신도 그 조직의 일원이야. 현장에서 사람 열 명이 10분 만에 죽은 걸 목격한 사람이야. 그런데 임원이 결정하는 문제라는 게 말이 된다고 생각해?

A. 조직 문화가 어떻게 형성되느냐에 따른 문제예요. CS 그룹은 그런 식의 조직 문화에 매우 익숙하다고요.

Q. 마지막으로 하나만 묻지. 장국현이 떠들어댄 인구 조정론, 핵심 인재론이 무슨 내용이었는지 기억해?

A. 기억해요. 그룹 인사 담당자들과 내부에서 기도문처럼 외치는 내용이에요. CS 그룹 핵심에 있는 사람들은 그 기도문과 같은 강령을 암송하고 다녀요. 어떤 종교인이 사보에 적은 선언문이라고 하던데, 정확히 누구인지, 어디에 수록되었는지는 잘 모르지만 내용은 아주 간단해요. 핵심 인재, 핵심 기술이 전체를 먹여 살린다. 그런데 그 전체에 핵심 기술의 공유와 교란을 야기할 문제가 있다고 판단될 경우 전체의 거시적 번영을 위해 핵심의 혼란을 유발하는 세력의 초자연적 제거는 무한 경쟁 시대에서 살아남기 위한 최소한의 당위적 선택이다. 그런 내용이에요.

Q. 인구 조정론은?

A. 인구는 시장이요, 재산이지만 인구 전체가 인권을 이야기할 때는 재앙이다. 그런 취지에서 인구가 이윤이 아닌 인권을 이야기하는 무게중심이 높은 조직과 단체, 정당과 교육은 적당히 미화된 윤리의 비호를 받으며 효과적으로 조정될 필요가 있다. 뭐, 그런 내용이에요.

Q. 조정의 방법이 뭐지?

A. 여러 가지요.

Q. 그중 하나를 실험한 게 도료 공장의 사건인가? 정상훈의 작품이고?

A. 아마 정 연구원이 아니더라도 그런 식의 실험은 계속될 겁니다.

Q. 초자연적 제거가 시대의 당위라는 명제가 사라지지 않는 이상 그렇다는 거겠지?

A. 아마도 그럴 거예요.

주민서와 김병식의 녹취 내용 中 일부

9

12월 24일. 서희는 한 통의 전화를 받았다. 자신의 전 대학원 사무실로 한 개의 소포물이 도착했다는 조교의 전화였다. 조교는 익숙한 말투로 발송인의 이름을 밝혔다.

"정상훈 씨로 되어 있는데요."

한참을 망설이던 서희는 조교에게 한 가지 부탁을 했다. 자신이 불러주는 주소로 배송해달라는 것. 서희의 요구를 조교는 순순히 받아들였고, 그렇게 전화 통화는 마무리되었다.

양 보좌관이 침통한 표정으로 접대용 소파에 앉아 있었다. 그가 테이블 위에 올려놓은 봉투를 서희는 일부러 꺼내보지 않았다. 굳이 살펴보지 않아도 어떤 용도인지 잘 알고 있었기 때문이다. 마지막이라는 생각으로 양 보좌관이 사정하듯 서희에게 말했다. 하지만 그의 얼굴에는 후회하는 빛이 담겨 있었다. 서희가 변하지 않을 것을 잘 알고 있었기 때문이다.

김 의원이 그러했듯 서희 역시 한 가지 신념에 대해 타협 없는 자세를 고수했다. 옳다고 믿는 것, 아님 최소한 피해야만 하는 것에 대한 이유 없는 굴종을 용납하지 않는 강직한 태도를 서희는 김 의원으로부터 그대로 물려받은 것이다. 피의 흐름은 피할 수 없는 것일까. 양 보좌관이 물었다.

"정말 올라가시려는 겁니까. 의원님?"

"보좌관님께 피해가 가는 일은 없도록 조치하겠어요. 그러니……"

"지금 그런 말을 하자는 게 아니지 않습니까?"

서희와 눈이 마주친 양 보좌관은 그러나 먼저 그녀의 시선을 피했다. 서희의 시선에는 스스로 깊고 은밀한 부분을 도려내듯 들춰내는 폭로의 기운이 서려 있었기 때문이다. 서희가 말했다.

"보좌관님도 공범이에요."

"……."

"그러니 더 이상 절 막지 마세요."

"……."

"아버지를 막지 못하셨던 것처럼요."

10

12월 24일, '파양 교포 새 삶 후원의 밤' 행사가 열리는 남산 자유총연맹 회관. 그룹 후원 업체로 CS 그룹의 로고가 곳곳에서 눈에 뜨였다. 의류, 서적, 각종 지원 물품에도 CS 로고가 박혀 있었다. 아이들은 모두 CS 계열사의 브랜드 옷을 입고 대강당 자리에 앉아 주최 측에서 초청한 개그맨들과 인기 가수들의 경연을 관람했다.

해마다 열리는 행사에 서희가 참석한 것이 이상할 이유는 없었다. 이렇듯 언제나 표층의 세계는 평화롭기만 하다. 평심을 잃지 않는, 화도, 분노도, 슬픔도, 동시에 기쁨도 내색하지 않는 정영문의 얼굴이 그러하듯 언제나 그는 사회의 원로로서, 인류의 공생 공영을 입버릇처럼 이야기하는 종교인으로서 세속 세계의 존경을 받는 존재였다.

하지만 더 이상 서희의 눈에 정영문은 표층의 존재로만 머무르지 않았다. 그녀의 눈 속으로 파고든 이면의 진실이 정영문과의 독대를 두렵게 만들었다. 이해할 수 없는 진실 앞에서도 태연함을 유지하는 정영문은 그것을 천성의 성품처럼 품고 있는 듯했다.

마지막 파양 아동들에 대한 격려의 메시지를 남겨두고 대기실 의자에 앉아 이른 저녁의 성탄절 야경을 바라보는 정영문과 한 공간에 선 서희는 차마 말을 잇지 못했다. 정영문이 창에 비친 서희의 모습을 보며 먼저 말했다. 언제나 그렇듯 부드럽고 온화한 음성이었다.

"며칠 전 이곳에 다녀갔다고 유정이가 말하더구나."

"아버님."

"말해라."

"변명이라도 해주세요."

서희는 간절했다. 오열이 뒤섞인 그녀의 말은 진심이었다. 정영문은 서희가 믿고 있던, 모든 이들이 기대고 싶어 하는 마지막 보루가 아닌가. 그가 가지고 있는 위치, 그가 가지고 있는 투명함. 그 투명함마저 우리를 배반한다면 과연 우리에게 미래가 있을까. 서희의 심장이 두근거렸다. 고동치는 가슴을 애써 억누르며 거듭 말했다.

"제가 알고 있는 사실이 진실이 아니라고 말해주세요. 잘못된 거라고, 허황된 날조라고, 그런 일은 있을 수도 없고 있어서도 안 된다고 말해주세요."

"……."

"그렇게 한마디만 해주시면 저, 멈출 수 있어요. 그러니 말씀해주세요. 저와 제 아버지께요. 잘못된 거라고, 사실이 아니라고.”

서희의 그 말은 기도였다. 정영문이 정녕 신의 사제라면 자신의 이 기도를 배신하지 않을 거라는 믿음을 쏟아냈다. 그러고는 기다렸다. 정영문이 숭배하는 신의 선택이 틀리지 않기를, 그 신이 틀린 신이 아니기를 갈망했다.

갈망의 마지막을 잠식한 건 정영문의 눈빛이었다. 흔들림 없는, 흡사 무생물의 단면을 보는 듯한, 정情과 믿음의 세계마저도 넘어선 비극적인 초탈함이 정영문의 굳은 얼굴과 눈빛에 오롯이 담겨 있었다. 그 순간 서희는 아무것도 기대할 수 없었다. 유일한 버팀목이 무너지는 기분이었다. 정영문은 그렇게 쓰러지듯 주저앉는 서희의 어깨를 오래된 습관처럼 다정히 토닥여주었다. 너무나 따스한, 그래서 시리도록 가슴 아픈 어루만짐이었다.

“다음에 다시 얘기하자.”

“…….”

“모든 게 차분해지면 그때 다시…….”

“…….”

“그때 다시 우리 이야기하자. 알겠니?”

“…….”

정영문이 문을 열었을 때 대기실 밖에 서 있던 유정이 서희를 바라보았다. 서희는 쓸쓸한 기운에 사로잡혔다.

11

결국 서희는 자신의 대학 사무실로 배송된 상훈의 일부가 담긴 배송물, 그 저주의 상징물을 가로막지 않았다. 조교를 통해 남산자유총연맹 건물로 재배송한 그 물건, 검은 선물 상자에 포장된 그것은 파양 아동들을 위해 준비된 수많은 선물과 함께 뒤섞여 대강당 파티장 안으로 들어갔다. 산타 복장을 한 정영문과 아이들이 함께 어울려 기쁜 마음으로 선물들을 열어볼 때, 그 검은 선물 상자도 함께 개봉되었다.

아이들은 비명을 지르지 않았다. 상자가 개봉된 후에도 모두들 한동안 멍한 얼굴로 상대를 바라볼 뿐이었다. 단지 한 아이가 울음을 터뜨린 것이 고작이었다. 모두들 비현실적인 하나의 대상물을 보며 어떤 말을 해야 할지 난처해할 뿐이었다. 한참이 지난 후 정영문이 상자를 다시 덮으며 자리에서 일어섰다. 쓸쓸한 모습으로 퇴장하면서도 아이들을 향한 인자한 웃음을 끝까지 잃지 않았다.

강단 후문에서 그 모습을 지켜보던 서희가 사라지는 정영문의 뒷모습을 마지막까지 바라보았다. 자신이 가장 믿었던 존재의 분신이 담겨 있는 검은 선물 상자를 끌어안고 떠나가는 그의 모습에서 서희는 더 이상 생의 기운을 실감할 수 없었다.

심장이 아닌 머리, 머리가 아닌 심장.

A. 인권을 이야기해선 안 되는 짐승이 인권을 말하고 평등을 주장하고 있네. 민족이란 이름의 피플 파워에 기생해 한자리 차지하려는, 진실에 침묵하는 위정자들을 조정하고 조율하는 방법론에 있어 최우선으로 선행되는 미덕은 바로 차가움이야.
차가움은 본질적으로 투명하지. 투명하게 짐승들을 바라보는 거야. 자연의 질서에서 생태계의 순리를 따르지 않는 월권의 파행을 자연의 이름으로 다스리는 거지. 가장 큰 오류는 미친 짐승을 휴머니즘의 차원에서 상대한다는 사실이야. 이미 오래전에 미쳐버린 짐승들을 쓸어버리기 위해서는 자연의 분노가 반드시 필요한 법이네. 쓰나미, 대지진, 화산 폭발, 역병 등의 재앙은 수천, 수만 짐승들의 목숨을 앗아 가지만 짐승들은 자연의 재앙을 대상화하고 자연을 표적 삼아 분노하진 않지. 그와 마찬가지 생각으로 인류가 아닌 즉, 참사람이 아닌 사람으로서의 짐승들이 미쳤을 경우 그 미친 것들을 자연의 이름으로 다스릴 담대함이 우리 같이 종교적 숙명을 품고 태어난 사제들에겐 반드시 필요하네.

Q. 만약에 지금까지 말씀하신 새로운 질서에 동의하지 못한다면 어떻게 됩니까? 만약 선생님께서 말씀하신 바벨탑을 쌓지 못하는 짐승으로서의 사람의 편에 서서 그들의 미친 축제에 동참하기를 원한다면 어떻게 되는 걸까요?

A. 그보다 더한 비극은 없지. 만약 그런 어리석은 선택을 한다면 그 선택을 감행한 존재는 가롯 유다 또는 카인이 될 수밖에 없어.
신의 뜻을 품고도, 눈을 뜨고도, 진실을 발견한 선각자임에도 진실에 역행하는 행동을 한 존재가 바로 가롯 유다야. 그를 기억하는가. 자신의 편이길 원했던 짐승들은 결코 유다를 동정하지 않았네.
카인 역시 마찬가지야.
신을 향한 욕망의 제물이 된 아벨과 다르게 카인은 욕망의 제물이 되고자 했던, 새로운 질서의 바벨탑을 쌓아 올리고자 했던 희생제사인 아벨의 피를 짐승의 세상에 허비하고 말았네. 카인은 선각자가 될 수 있었지만 선각자이기를 스스로 포기하고 땅의 짐승들과 수간獸姦한 최악의 배교자네. 성서 밖에 남아 있는 카인의 말로에 대해 말해볼까.
카인은 희생제사인 아벨의 피를 뿌린 다음 땅의 짐승들과 어울리기 위해 몸부림쳤네. 땅의 짐승들과 인권을 이야기하고 평화를 토론하길 원했지. 하지만 결국 일그러진 욕망에 충실한 짐승들이 저지른 만행의 희생양이 되고 말았네. 제 몸이 토막 나 잘려 나갔지. 저주받은 희생양이 되어 손, 발, 눈, 귀, 입, 머리 그리고 심장, 정확히 몸의 일곱 개 신체 부위가 훼손된 채 물 한 모금 먹을 수 없는 광야에 버려져 독수리들의 먹잇감이 되었지. 참으로 불행한 일이야. 그렇지 않은가?

Q. 말씀 잘 들었습니다. 오랜 시간 수고하셨습니다.

24000059 58~60P

심장

12월 26일, 서희는 여의도 CS 그룹 공사 현장에 가설된 크레인 위에 올랐다. 경찰력의 만류도, 정치권의 우려도 그녀를 막지 못했다. 그녀는 막무가내로 사다리를 붙잡고 한 걸음, 한 걸음 크레인 위로 올라가기 시작했다.

임시국회의 뜨거운 감자였던 신재생에너지 개발 관련 법안은 결국 부결되었다. 여당 의원으로서 서희가 기권표를 던진 것이 유일한 부결 원인은 아니었다. 서희는 결국 자신이 확보한 자료를 살아 있는 입법기관으로서 국회의원이 가진 모든 권리를 쏟아부어 검찰에 넘겼다. 언론은 들끓었다. 물론 시간이 지나면 가라앉을 것이다. 서희가 제출한 서류란 것도 검찰의 시각에 따라 공소 여부가 불투명해질 수도 있다. 그러나 서희는 그렇게라도 자신의 소신을 관철해야 했다. 지금 크레인 위를 오르는 그녀의 행위처럼 말이다.

크레인 위에서 장기 농성 중인 파업 주동자는 신분도, 소속도 알려지지 않은 상태였다. 안전 장비 없이 크레인을 오르는 여당 의원, 그것도 여성 의원의 행동을 모든 언론들이 우호적인 시각으로 본 것은 아니었다. 정치 쇼라는 발언이 나오기도 했으며, 아버지의 유지를 배신하는 선택이란 말도 있었다.

그러나 지금 이 순간 차가운 칼바람이 불어오는, 눈서리마저 휘몰아치기 시작한 늦은 오후에 크레인 위에서 공중 곡예를 펼치는 정체불명의 파업자를 향해 올라가는 서희는 정치 쇼를 벌이는 것도, 언론의 관심을 끌기 위해 발악을 하는 것도 아니었다. 서희는 단지 확인하고 싶었다. 자신이 살아 있는지, 앞으로도 이 정신 그대로 살아 있을 수 있는지, 자신의 심장이 뛰고 있는지, 이 살아 숨 쉬는 모든 것들 앞에서 떳떳할 수 있는지 확인하고 싶었던 것이다.

아찔한 현기증을 참아내며 35미터에 육박하는 높이의 크레인을 서희는 단독으로 올라갔다. 비틀거리는 걸음으로 크레인 위 난간 받침대에 등을 기대고 앉은 검은 복면을 눌러쓴 농성원을 쳐다보았다. 농성원은 미동도 하지 않았다. 두 눈을 크게 뜨며 서희가 다가오는 것을 바라볼 뿐이었다.

농성원에게는 그 어떤 플래카드도, 구호도 없었다. 붉은 띠도, 소속을 나타내는 작업복 차림도 아니었다. 그런 그가 35미터 높이의 크레인 위에 제 비루한 몸과 함께 갖고 올라온 것은 검은 비닐봉지에 담긴 그 무엇이었다. 고약한 악취를 내는 그 무엇. 허공의 칼바람을 뚫고 서희가 농성원 바로 앞에 마주섰다. 그러고는 몸을 숙여 손을 뻗었다. 덜덜 떨고 있는 농성원의 복면을 천천히, 하지만 확실하게 벗겨냈다. 농성원의 복면이 바람에 휩쓸려 허공을 맴돌았다. 곧이어 저 밑, 지상에서 소방 구조용 곤돌라가 가동되기 시작했다. 경찰 관계자가 확성기를 사용해 무언가 쉼 없이 쏟아냈지만 서희의 귀엔 아무것도 들리지 않았다. 그건 복면을 벗은 농성원, 김필연 역시 마찬가지였다.

그는 격렬하게 몸을 떨었다. 추위에 의한 것도, 고소공포증 때문도 아니었다. 서희를 올려다보며 그는 눈물을 흘렸다. 맑은 눈물이 콧물과 함께 여과 없이 볼을 타고 흘러내렸다. 김필연이 걷잡을 수 없이 떨리는 손으로 검은 비닐봉지를 손에 쥐었다. 그러고는 무릎을 꿇고 서희 앞에 그것을 내어놓았다. 김필연은 크레인 난간에 머리를 박은 채 미친 듯이 몸을 떨며 말문을 열었다. 서희는 짙은 먹구름으로 가득한, 금방이라도 함박눈을 쏟아낼 것 같은 하늘을 비탄에 잠긴 눈으로 바라보았다. 바로 앞에 국회의사당의 푸른 외관과 우측면을 나란히 장식한 대형 교회의 웅장함이 드리워져 있었다.

"죄송합니다."

"……."

"죄송합니다."

김필연이 고개를 들었다. 검은 비닐봉지 속으로 손을 넣었다. 하지만 그는 안에 있는 내용물을 결코 꺼내지 못했다. 눅진해진 검붉은 핏물이 김필연의 갈라진 손바닥과 손가락 마디마디에 사정없이 묻어 나왔다. 김필연은 계속해서 눈물을 흘렸다. 누구를 위한, 무엇을 위한 속죄인가. 서희는 울먹이면서 하염없이 '죄송합니다'를 반복하는 김필연의 얼굴을 무한의 고통 속에서 바라보았다. 김필연의 외침을 들으며 서희는 상훈의 마지막 말을 떠올렸다.

'당신에게 미안해.'

사자死者는 이제 여기에 없다. 김필연을 실은 곤돌라가 지상으로 내려가는 동안 서희는 묵묵히 지상의 세계를 바라보았다. 그러고는 '다시 저 지상으로 내려가는 순간 상훈의 마지막 말을 기억하지 않겠다'고 결심했다. 그 결심을 마음속으로 다짐하고 또 다짐했다.

어느 때부터인가 오늘의 대한민국은 인간의 존재 이유가 증오에 포박된 것 같습니다. 분노를 위한 분노, 증오를 위한 증오와는 차원이 다릅니다. 오늘의 증오는 외부로 나타난 명확한 대상을 갖고 있진 않습니다. 하지만 외면할 수 없는 내부의 적을 품고 있습니다. 우리는 내부의 적이 누구인지, 아님 무엇인지 그 실체를 찾기 위해 몸부림칩니다. 발가벗겨 날것의 치열함으로 목도하기 위해 애씁니다. 이러한 노력과 애씀에 대해 허울뿐인 사회질서와 체제안전을 공염불처럼 반복하는 그 누군가들은 지독한 냉소와 회의적 질문을 쏟아내기만 합니다. 그래도 오늘의 우리는 찾고 또 찾기를 망설이지 않을 것입니다. 증오의 실체를 찾기 위한 행동은 인간의 본능이기 때문입니다.

그리고 여기, 증오의 실체를 찾은 한 사람이 마침내 宣言선언합니다. 제 몸을 일곱 토막 내어 그 누군가들이 똑똑히 볼 수 있도록 광장의 중심에 전시한 채로 말입니다. 선언은 굳이 살아 있는 말言의 외투를 입을 필요가 없습니다. 일곱 토막 난, 스스로 저주의 성배를 받아들인 몸, 그 자체만으로도 충분합니다.

그가 외칩니다. 자신은 인간이 아니라고. 그리고 묻습니다. 오늘의 우리여. 우리들이 정말 인간이었던가? 한 번이라도 인간인 적이 있었는가 묻습니다.

선언하는 인간, 저주의 상징이 된 反人間반인간은 오늘의 우리일지도 모릅니다. 스스로를 저주하여 우리의 숨 막히는 현실을 이야기하려 하는 방법으로 사용될지도 모릅니다. 과연 이 지독한 패륜적 독설을 남기는 것이 필요한지에 대한 질문이 끝없는 유예로 남아 있지만 이 이야기를 남긴 저는 후회하지 않습니다. 스스로 인간이기 위해 반인간을 선언하는 이야기에 대해 말입니다.

그럼에도 여전히 두려운 것은 이야기를 접하는 독자 여러분의 시선입니다. 또 하나의 이야기를 세상에 내어놓는 순간 엄습해오는 독자 여러분의 서릿발을 감당할 자신이 없습니다. 그렇다 해서 오장육부 곳곳에서 꿈틀거리는 이야기 공장의 괴물 같은 생산성을 再考재고할 명분 또한 찾지 못하겠습니다. 이래저래 소설 쓰기는 고역이 아닐 수 없습니다.

하나의 책이 되기까지 작가의 역할도 중요하지만 책을 만들어주시는 모든 분들의 우직한 땀이 없으면 불가능하다고 생각합니다. 이 소설 쓰기를 의미 있는 작업으로 이끌어주신 자음과모음 편집부 여러분께 머리 숙여 감사드립니다. 또한 항구적인 새로움의 벗이 될 서아에게도 소설 쓰기의 지난한 짐, 작은 기쁨을 함께 나누기 원합니다.

충현동 空間에서

주원규

반인간선언

©주원규, 2019

초판 1쇄 인쇄일 2019년 10월 22일
초판 1쇄 발행일 2019년 11월 7일

지은이 주원규
펴낸이 정은영
편집 김정은 안태운
디자인 서은영
마케팅 이재욱 최금순 백민열 한지혜
제작 홍동근

펴낸곳 (주)자음과모음
출판등록 2001년 11월 28일 제2001-000259호
주소 04047 서울시 마포구 양화로6길 49
전화 편집부 (02)324-2347, 경영지원부 (02)325-6047
팩스 편집부 (02)324-2348, 경영지원부 (02)2648-1311
이메일 munhak@jamobook.com

ISBN 978-89-544-4020-2 (03810)

이 책의 판권은 지은이와 (주)자음과모음에 있습니다.
이 책 내용의 전부 또는 일부를 사용하려면 반드시 양측의 서면 동의를 받아야 합니다.

이 도서의 국립중앙도서관 출판시도서목록(CIP)은 서지정보유통지원시스템 홈페이지
(http://seoji.nl.go.kr)와 국가자료공동목록시스템(http://www.nl.go.kr/kolisnet)에서
이용하실 수 있습니다.(CIP제어번호: CIP2019041706)